彩图本

梧桐深院——南唐二主长短句

春花秋月何时了，往事知多少？小楼昨夜又东风，故国不堪回首月明中。雕阑玉砌应犹在，只是朱颜改。问君能有几多愁，恰似一江春水向东流。

李璟 李煜 著
傅融 注释

北方联合出版传媒（集团）股份有限公司
万卷出版公司 VOLUMES PUBLISHING COMPANY

前言

当唐诗走完了它灿烂辉煌的历程，晚唐的最后一抹晚霞也已逝去，词——这一文学形式却在这个动荡的年代里大放异彩，以至以后的数百年间，高踞于十世纪中国文学巅峰之上。

李璟、李煜父子，正是这一诗与词交替时期词作的佼佼者。只是，与那些文人墨客不同的是，他们还是帝王。

两位多情的帝王，他们才华横溢、工书善画、能诗擅词、通晓音律。只可惜一代才子却偏偏生于帝王之家，终究逃脱不了帝王之位的诸多无奈和身不由己。这，注定了他们悲剧的一生。

中主李璟的词流传到现在的仅有四首，他的词感情真挚，风格清新，语言不事雕琢，对南唐词坛产生过一定的影响。『细雨梦回鸡塞远，小楼吹彻玉笙寒』，『手卷真珠上玉钩。依前春恨锁重楼。风里落花谁是主？思悠悠。』等都是流传千古的佳句。

后主李煜远没有其父幸运，他登位之时，宋已代周建国，南唐形势风雨飘摇。然而，后主仍然在对宋委屈求全中，纸醉金迷地过了十几年。

这十几年，他不修政事，纵情于吟咏宴游，笙歌燕舞，这一时期的词作更大都反映了他荒淫奢靡的官廷生活，虽在词作技巧上已日臻成熟，但仍摆脱不掉南朝宫体和花间词风。

南唐为宋灭之后，李煜被俘到汴京，山河破碎，使后主的词作从『花明月暗』转变为『自是人生长恨水长东』的凄凉调子。词人曾经的花红柳绿、春悲秋愁此刻都变为了波澜壮阔、荡气回肠的千古感叹。

这般苟且的囚徒生活也终究不能长久，后主李煜终为太宗赐鸩毒杀。据传，宋太宗下令毒死李煜的原因之一，便是他那首著名的《虞美人》。开篇便是两个摄人心魄的诘问：『春花秋月何时了，往事知多少？』流露出太多太多不加掩饰的故国之思，一句『故国不堪回首月明中』更道尽了一代词帝的兴衰荣辱。从此，他的词有了打动人心的艺术力量。也因此，宋太宗动了杀念。一首《虞美人》，成了南唐后主李煜的绝命词；一首《虞美人》，葬送了一代伟大的词人，也造就了这代悲剧词帝的万古流传。

作为『好声色，不恤政事』的国君，李煜是失败的；但正是亡国成就了他千古词坛的『南面王』（清沈雄《古今词话》语）地位。正所谓『国家不幸诗家幸，话到沧桑语始工』。诚如清人王国维评价：『词至李后主而眼界始大，感慨遂深，遂变伶工之词为士大夫之词。』这是对他文学地位的最中肯评价了。

明崇祯帝在兵临城下时绝望地发愿：『愿世世代代无生帝王家』，前人也曾云：『作个才人真绝代，可怜薄命作君王。』这些语句，诉尽了亡国之君的无奈与无助，也似有意无意，道出了南唐二主的心。

璟，煜——两位，以一代词宗的身份，留给今人的，是无数传唱至今的或曼妙或哀伤的词作，是『时时作为歌诗，皆出入风骚』的文学造诣。如今的我们，就暂时略却他们身上的帝王身份，略却他们失国的悲痛和多舛的命运，与两位帝王梦回一次南唐，吟唱花红柳绿、春悲秋愁，感悟波澜壮阔、荡气回肠……

目录

中主词

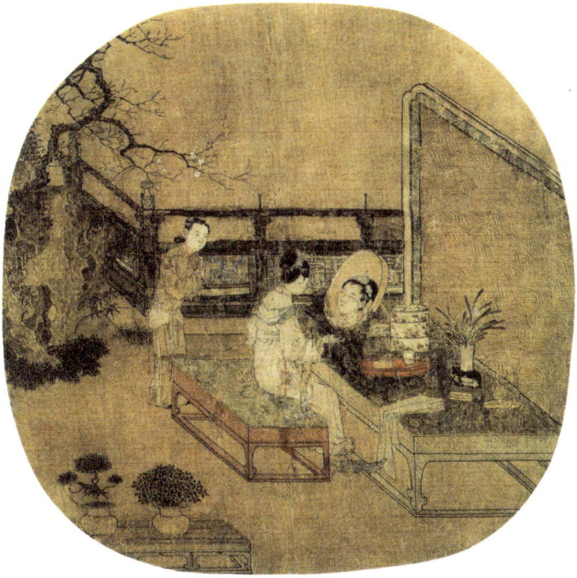

一仕女正在梳妆打扮，神情娴静而略带忧伤，零落的桃花、几竿新竹以及水仙衬托出仕女愁思的心境。

应天长

一钩初月①临妆镜，蝉鬓②凤钗慵不整③。重帘静，层楼迴④，惆怅落花风不定。

柳堤芳草径，梦断辘轳金井⑤。昨夜更⑥阑⑦酒醒，春愁过却病。

①初月：指农历月初形状如钩的月亮。②蝉鬓：古代妇女的一种发式。③慵不整：无心梳理头发。④迴：与『扃』同义，关闭。

⑤金井：井栏雕饰华美的井，是井的美称。⑥更：古时夜间计时的单位，一夜分为五更，每更约为两个小时。⑦阑：将尽。

词解

这是一首闺情题材的词，描写一位幽居独处的女子的伤春之情。

上阕开篇『一钩初月临妆镜』，点出了时间，即黄昏时分。古代女子每天需要两次梳妆，但此时此刻，一弯寒月衬托着她那无心梳妆的暗淡心情。词人实在是细心，一钩月亮就罢了，而偏偏又加了一个『初』字，看来这个寂寥的夜晚还长着呢！而这一钩初月偏偏又映到了梳妆镜里面。再不是与心爱的人相拥镜前的日子，再也不是揣着期望与喜悦用心打扮自己的清晨，而是这个凄冷、无人陪伴的夜晚。今昔，何夕？鬓发松松散散地垂在耳畔，凤钗戴不戴又有什么意义呢？相思的人今夜不会来，也许永远都不会来。此刻所有美好的事物都远离了，就连那静静的帘帷、层层的阁楼仿佛都成了禁锢痛苦心灵的枷锁！『重帘静，层楼迥』，道出了女子幽居孤独的环境。而即使冲开这些枷锁又能如何呢？眼前的景象依然是凄凉孤寂，『惆怅落花风不定』，春花被无情的风打落，飘荡着、挣扎着！如此的惆怅，又如此的无可奈何。痛苦地挣扎并不能改变命运，无人怜爱的女子将和那落花一样只能归于沉默，任凭孤苦、愁思占据自己的心。

上阕描写黄昏，下阕则描写昨夜。昨夜恍惚梦到了曾经洒满美好回忆的柳堤、铺满芳草的小路以及辘轳金井，可惜这些都只是梦而已。曾经的欢乐如今都已经成了泡影，五更夜尽时，昨夜灌入愁肠的酒差不多醒了，可是女子心头的愁苦仍未散去。『春愁过却病』点出女子有病在身。而又有谁知道，对这怅然春意的牵挂、对逝去美好的惋惜比病更加折磨人呀！

词评

『风不定』三字中有多少愁怨，不禁触目伤心也。结笔凄婉，元人小曲有此凄凉，无此温婉，古人所以为高。

——（清）陈廷焯《云韶集》

词写春夜之愁怀。『初月』、『蝉鬓』二句先言黄昏人倦。『重帘』三句更言楼静听风。下阕闻柳堤汲井，晓梦惊回，皆昨夜之情事。至结句乃点明更阑酒醒，愁病交加。通首由黄昏至晓起回忆，次第写来，柔情宛转，与周清真之《蝶恋花》词由破晓而睡起、而送别，亦次第写来，同一格局。其结句点睛处，周词云：『露寒人远鸡相应』，从行者着想；此言春愁兼病；从居者着想，词句异而言情写怨同也。

——俞陛云《唐五代两宋词选释》

《应天长》词又见冯延巳《阳春集》、欧阳修《六一词》。四印斋刻本《阳春集》中《应天长》云（词略）。此词果为冯作，后主断不至取之，而题为先皇御制。意者延巳尝手录此词，他日论集延巳词者，遂误以为其所自作耳。毛晋刻本《六一词》收此阕，『新』作『初』。毛氏跋云：『《庐陵集》旧刻三卷，今删为一卷。凡他稿误入，一一削去，误入他稿，一一注明。』则此词当是毛氏漏未削去，非欧阳作也。

——管效先《南唐二主全集》

词人逸事

传说南唐中主李璟在继位前，曾因向往庐山的美景，便在庐山筑起了读书台，常常在此饮酒作诗。一天，他独自出来散步，来到了一个犹如天境的山洞。他遇到了一个美貌女子，该女子身穿红袍，怀抱瑶琴，顾盼生姿，李璟立即被她的美貌吸引了，后来得知她是漱玉仙子。李璟在洞里与漱玉仙子一起琴棋歌舞，吟诗作对，快活地过了三年。之后李璟必须回京城继位了，临别前他答应漱玉仙子会来接她。谁想，李璟走后，漱玉仙子茶不思、饭不想，整日以泪洗面，每天都会跑到悬崖边向京城方向翘望。一天，漱玉仙子正在崖上远眺，忽然吹来一阵狂风，她脚下一滑，跌入崖中。后来李璟来找她，得知她去世后，非常痛心。他立即下旨，在读书台建庙，取名为『开先寺』，并建造了一座美丽的望仙亭，后人称其为『漱玉亭』。

静静的帘帷、层层的阁楼仿佛都成了禁锢痛苦心灵的枷锁，正如『惆怅落花风不定』，无可奈何。

女子终日思念自己的丈夫，无心欣赏满园的春色。朱门却终日紧闭，思妇幽居楼中，心情悲伤至极。

望远行

玉砌花光锦绣明①，朱扉②镇日③长扃④。夜寒不去梦难成，炉香烟冷自亭亭⑤。

①玉砌花光锦绣明：玉砌，用玉石砌的台阶，是台阶的美称。锦绣，鲜艳精美的丝织品，这里比喻花的光彩像锦绣一样鲜艳美丽。②朱扉：红色的门窗。③镇日：从早到晚，终日。④扃：关闭。⑤亭亭：这里形容炉中香烟袅袅上升的样子。

辽阳月⑥，秣陵砧⑦，不传消息但传情。黄金台⑧下忽然惊，征人归日二毛生⑨。

⑥辽阳月：即辽宁省辽阳市，这里指代征人戍守的地方。⑦秣陵砧：秣陵，即今南京市，这里指代思妇所在的地方。砧，捣衣石。月和砧常出现于诗词中。⑧黄金台：原指燕昭王为了招贤纳士而修筑的黄金台。这里指征人立功而回。⑨二毛生：二毛指黑发和白发，即毛发斑白。

春天柳树新绿、黄莺双鸣，一位思念远方丈夫的闺中少妇，因恐莺啼扰乱她与丈夫梦中的相会，拿着枝条去驱赶黄莺。

词解

此词是一首思妇思念远方征夫的词。

开篇两句「玉砌花光锦绣明，朱扉镇日长扃」是一个鲜明的对比，春光明媚，花团锦簇，美艳如花的思妇本应该到庭院内饱览迷人的春色，可是朱门却终日紧闭，思妇幽居楼中，无心赏春，可见其心情悲伤至极。「玉砌」、「锦绣」以及「朱扉」等词，用来表示思妇的高贵品格；纯净的阶石，洒满了如锦绣般明艳美丽的春花，表明思妇的韶华青春。因词人李璟出身富贵，其词也不免带有强烈的富贵色彩。炫耀富贵，是五代词人普遍追求的审美风尚。李璟此词正是这种时代风气的体现。

思妇长年累月过着这种孤寂、无人怜爱的日子，她多想与征夫早日重逢啊！相思至极，只好期盼能在梦中与征夫相见。可是思妇直到夜深也无法入眠，只能呆呆地望着炉上袅袅上升的香烟。这凄冷的黑夜无人陪伴，又怎能睡得着呢？她连做梦都成了奢望，心底深感一片寒冷，愁苦因此又深一层。

下阕首句「辽阳月，秣陵砧」，将「辽阳」与「秣陵」两个空间跨度极大的地方组接在了一起，精练地写出了征夫与思妇的两地相思。月下砧声阵阵，征人的消息依旧杳然。砧声不仅捣碎了思妇的心，更激起她对远在辽阳的征人的思念。一句『不传消息但传情』写得妙，思妇似乎感到了征夫可能也在牵挂着自己。但结尾两句词意大转，虽然相互挂念，略感慰藉，但毕竟还要空闺独守多年啊！等到征夫建功回来后，彼此都已头发斑白，大好的青春年华都虚度了。多年的等待后，虽然盼来了团圆，但春容已变，青春已逝，怎能不叫人悲叹啊！

词评

髀里肉，鬓边毛，千秋同慨。

——（明）卓人月《古今词统》

上阕写所处一面之情景。惟寒梦难成，醒眼无聊，但见炉烟之亭亭自袅，善写孤寂之境。其下辽阳、秣陵，始两面兼写。『传情』二字，见闻砧对月，两地同怀。结句言忽见北客南来，雪窖远归，鬓丝都白，则行役之劳，与怀思之久，从可知矣。

——俞陛云《唐五代两宋词选释》

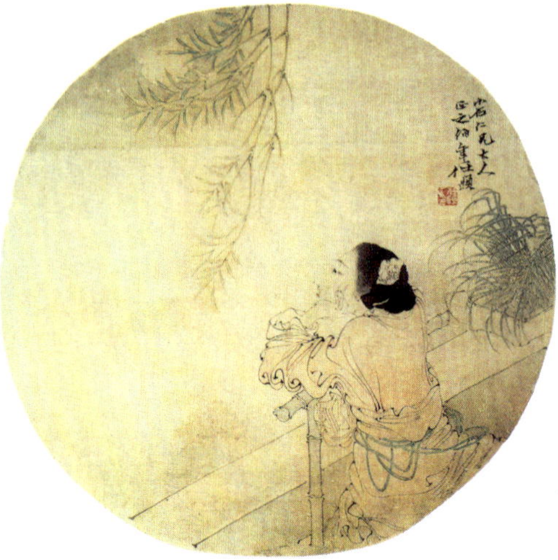

词人逸事

南唐被后周侵扰，李璟在无奈之下，于958年取消了帝号，只称国主，并取消了交泰年号，改用后周年号历法。他为了避后周世宗祖先名讳，改名为景。李璟认为金陵距后周国境只隔一长江之水，而南昌地势险要坚固，于是在961年率领百官来到了南昌，留太子李煜在金陵监国。

李璟到达南昌后，见城市狭窄，房屋也十分拥挤，与金陵有天壤之别，他很怀念往日的奢华生活。他常常北望金陵，郁郁不乐，潸然泪下。他非常后悔当初没有好好治理国家，最终抑郁成疾，病死在了南昌。

摊破浣溪沙

女子感伤再美的花也终会被秋风吹落，消失于人间。没有人会知道并怀念它曾经盛开过、芬芳过，这怎能不令人伤感？

手卷真珠①上玉钩。依前②春恨锁重楼。风里落花谁是主？思悠悠③。

①真珠：珍珠，此处是指珠帘。②依前：依旧。③思悠悠：形容忧思无穷无尽。

青鸟不传云外信④。丁香空结⑤雨中愁。回首绿波三峡暮⑥，接天流。

④青鸟不传云外信：青鸟，一种传说中的鸟，曾为西王母传递消息，唐李商隐《无题》诗：『蓬山此去无多路，青鸟殷勤为探看。』此处代指带信的人。云外，指十分遥远的地方。⑤丁香空结：即丁香的花蕾，这里象征着愁心。⑥三峡暮：三峡，指长江三峡，即瞿塘峡、巫峡、西陵峡。『三峡暮』，又作『三楚暮』，指南楚、东楚、西楚。泛指江南一带。

词解

此词描写了一个女子的伤春、别离之情。

开篇描写主人公用纤手轻卷珠帘，可是开帘后她的心情并没有好转，春恨依然烟锁雾笼。『依前』二字，说明这种春恨不仅只有今春有，以前也有，体现春恨之久。『重楼』，即高楼，描写楼高，则更突出人的悲凉和孤寂，这个重楼都被春恨所笼罩，体现春恨之重。孤独的女子卷开珠帘，看着重楼外落花乱舞于风中，她不禁感叹谁是落花之主！『谁是主』一语，其中包含了无尽的悲伤，蕴藏了深深的怨恨。这凄美的落花竟得不到春风的怜惜，一如有人如玉，却也得不到他人的爱怜。女子的身世和处境不就如这落花吗？亲人远去，孤独无依，想到这里，她的心头充满了悲伤和怨恨。『思悠悠』一句写出了她的美人迟暮之感。

下阕继续抒发亲人不归的无限忧愁。女子已不忍再看眼前凄凉的落花之景，于是举目望向云外，可是也不见传信的青鸟飞来，她开始怨恨远方的亲人杳无音信。唯有绵绵细雨中的丁香花蕾，似欲伴她一起凝愁。女子看到雨中丁香花蕾后，不觉怦然心动，它好似蕴结于女子心中的哀愁。此处『丁香结』与上阕的『落花』相映衬，空结花蕾的丁香与零落无主的落花，形成了春色迟暮的景象，也象征着女子的身世和心情，情寓于景，景融于情，情景交融。『空』字催人泪下，再美的花也终将会被秋风吹落，消失于人间，没有人会知道并怀念它曾经盛开过、芬芳过，这怎能不令人伤感？

情深无奈，唯有回望，『回首绿波三峡暮，接天流』，只见三峡绿波正浩浩荡荡地流向暮色苍茫的天际，更似她那无穷无尽的脉脉愁绪。

女子手执纨扇，独立于房栊边，双目凝视着飘落的桃花和微雨中低飞的双燕。

词评

李煜（当作璟）作诗，大率都悲感愁戚，如『青鸟不传云外信』（节），然思清句雅可爱。

——（宋）刘斧《翰府名谈》

前人评杜诗云：『红豆啄残鹦鹉粒，碧梧栖老凤凰枝。』若云『鹦鹉啄残红豆粒，凤凰栖老碧梧枝』，便不是好句。余谓词曲亦然。李璟有曲『手卷真珠上玉钩』，或改为『珠帘』，舒信道有曲云，『十年马上春如梦』，或改云『如春梦』，非所谓遇知音。

——（宋）胡仔《苕溪渔隐丛话》

李中宗：『手卷真珠上玉钩』，按手卷珠帘，似可旷日舒怀矣。谁知依然恨锁重楼。所以恨者何也？见落花无主，不觉心共悠悠耳。且远信不来，幽愁空结。第见三峡波接天流，此恨何能自已乎？清和婉转，词旨秀颖。然以帝王为之，则非治世之音矣。

——（清）黄苏《蓼园词评》

那不魂销，绮丽芊绵。置之元明以后，便成绝妙好词，缘彼时尚以古为贵故。

——（清）陈廷焯《云韶集》

词人逸事

这首词并非是一般的对景抒情之作，而是在南唐受后周严重威胁的情况下，李璟借小词寄托其彷徨无措的心情。其词已摆脱雕饰的习气，读起来无晦涩之感。后来李煜的名句『问君能有几多愁，恰似一江春水向东流』便是从李璟『回首绿波三峡暮，接天流』这句得到启发而来。

荷花出淤泥而不染，娉娉婷婷从水中浮起，雍容高贵。在风的吹拂下，傲然地随风舒展着筋骨。

摊破浣溪沙

菡萏①香销翠叶残，西风愁起绿波间。还与韶光②共憔悴，不堪看。

细雨梦回③鸡塞④远，小楼吹彻⑤玉笙寒。多少泪珠何限恨⑥，倚阑干⑦。

①菡萏：荷花的别称。《尔雅·释草》：『荷，芙蕖。……其华菡萏。』②韶光：指非常美好的时光。韶，即美好。

③梦回：从梦中醒来。④鸡塞：鸡鹿塞的简称，位于今内蒙古自治区杭锦后旗西北部。这里泛指边塞。⑤吹彻：吹完最后一遍。大曲中，最后一遍为彻。⑥多少泪珠何限恨：多少，另本作『簌簌』。何限，另本作『无限』。⑦倚阑干：另本作『寄阑干』。

词解

上阕写悲秋。开篇词人描写了一片衰败的荷塘景象。词人没有采用『荷花』、『绿叶』等浅俗的字眼，而是用『菡萏』、『翠叶』代替，是为了显示花品至贵，枝叶至珍。如此美好的花和叶，一旦凋残零落，怎能不格外惹人怜惜？紧接着，瑟瑟秋风从绿波之间兴起，荷花在风中飘摇。这秋风使花叶凋零，词人有怨秋风之意，因此用了一个『愁』字。可是，谁又能抵挡住这催花残、催人老的秋风呢？思妇目睹这一凄惨动人的景象，联想到了自己的美好年华。由景及人，从描写萧瑟衰败的秋景，到主人公苦于与秋俱老的悲凉心境。在荷花落尽、荷叶凋零时，美好的时光与青春也一起消失了。一个『还』字，表明主人公不知体验了多少次这种『与韶光共憔悴』的痛苦感受。正因此，她不忍再去看花叶的凋零了。

下阕写怀人。『细雨梦回鸡塞远，小楼吹彻玉笙寒』，承接上阕思妇的感受。在睡梦中，思妇到遥远的边关去找寻想念的夫君。醒来时，窗外秋雨绵绵，而日夜思念的夫君依然远戍边塞。她再也无法安枕了，

只好在小楼上独倚栏杆，吹起玉笙。『小楼吹彻玉笙寒』句中的『彻』是大曲的最后一遍，『吹彻』就是吹近尾声。『玉笙寒』三字的意味，可以说含蓄深蕴之至。笙吹久了，簧片会受潮，此时再吹，则音不合律，曲不成声。思妇借吹笙抒发相思之情，可是任凭吹得再久，也无法吹尽相思之情，无法吹散悲凉之感。直到笙不能吹了，可是思念依旧浓稠，更显出相思、悲苦的无穷无尽。玉笙寒，她的心也彻底寒冷了，只好『多少泪珠何限恨，倚阑干』。究竟留下多少泪，心中有多少怨恨，到此忽然收笔，只是淡淡地说了一句『倚阑干』，言有尽而意无穷啊！

此词以细腻委婉和优美文雅见称，它所表达的意蕴不仅仅是美人迟暮之感。透过菡萏香消、红颜憔悴的表面层次，读者更能体会到词人的身世之悲和哀世之恸。

词评

『塞远』、『笙寒』二句，字字秋矣。又云：少游『指令玉笙寒，吹彻小梅春透』，翻入春词，不相上下。

——（明）沈际飞《草堂诗馀正集》

按『细雨』、『梦回』二句，意兴情幽，自系名句。结末『倚阑干』三字，亦有说不尽之意。

——（清）黄苏《蓼园词评》

词人逸事

此词是南唐中主李璟的一篇得意之作，历来备受名家推崇。有一次，李璟取笑冯延巳：『「吹皱一池春水」，关你什么事？』冯延巳回答说：『臣的词句比不上陛下的「小楼吹彻玉笙寒」。』『吹皱一池春水』原形容风儿吹皱水面，波浪涟漪，后来因此作为了多管闲事的歇后语。

仕女神态娇弱，流露出忧伤之意。秋风使花叶凋零，可谁又能抵挡住这催花残、催人老的秋风呢？

这首词不愧为李璟四首词之冠，后人王安石与黄庭坚曾探讨江南词何处最好，黄庭坚认为是：『未若「细雨梦回鸡塞远，小楼吹彻玉笙寒」』。王安石甚至认为『细雨梦回鸡塞远』二句比后主李煜『一江春水向东流』还好。

后主词

浣溪沙

仕女端坐吹箫，楚楚动人。听者陶醉在悦耳的箫声中，渐入佳境。

红日①已高三丈透，金炉次第添香兽②。红锦地衣③随步皱④。

佳人舞点⑤金钗溜⑥，酒恶时拈花蕊嗅⑦。别殿⑧遥闻⑨箫鼓奏。

①红日：又作『帘日』。②金炉次第添香兽：依次向香炉里放燃料。金炉，铜制的香炉。次第，依次。香兽，用炭屑杂以香料制成的各种兽形燃料。③红锦地衣：红色锦缎做成的地毯。④随步皱：形容舞女跳舞时红锦地毯随着舞女旋转打皱的情形。⑤舞点：随音乐节拍舞完了一支曲子。点，音乐的节拍。⑥金钗溜：头上的金钗掉了下来。⑦酒恶时拈花蕊嗅：喝醉酒了，拈朵花来嗅一嗅。酒恶，即『中酒』，当时的方言，指喝醉。⑧别殿：帝王所居正殿之外的宫殿。⑨遥闻：另本作『微闻』。

词解

这首词是李煜前期的作品，它真实地再现了李煜当时纵情享乐、豪华奢侈的宫廷生活。

开篇便点出了时间，『红日已高三丈透』，红日高高升起。此时的帝王正在忙些什么呢？他没有忙于处理政事，而是昨夜刚刚玩了个通宵达旦，日照三竿才慢慢醒来。初醒不久便又接着玩乐，于是又是一天的恣情歌舞，纵欲声色。『金炉次第添香兽』，大家都纷纷忙了起来，有的连续不断地往金炉里添炭火。『红锦地衣随步皱』，舞姬翩翩起舞，你看，红色锦缎做成的地毯随着翩跹舞步都起皱了。『随步皱』三字凝练而生动地写出舞步飞旋、地毯起皱的情形，隐隐地展示出舞会氛围的热烈。由此可知，宫廷里的歌舞，不仅通宵达旦，而且是夜以继日的，词人沉迷于奢华腐败的生活竟达到了如此程度。『金炉』、『香兽』和『红锦地衣』等词表现出了词人生活的华贵、奢靡。

下阕描写词人眼中美人曼妙的舞姿，『佳人舞点金钗溜』。舞姬随着音乐的节拍翩翩起舞，一曲跳完之后，佳人头上的发髻松散、金钗滑落，从中可见佳人已经身疲力乏了，但为了满足帝王享乐要求，不得不将曲子跳完。从侧面反映出，歌舞一直未休，可能是夜以继日的。而此时词人自己也已是醉眼朦胧，他顺手摘下一枝花，凑到鼻子跟前闻闻，希望能解些酒气，力图继续宴饮享乐。词至此，将词人奢华、纵情逸乐描写得淋漓尽致，真实如画。『酒恶』的词人又听到远处的『别殿』也奏起了箫鼓。此刻别殿正欢声笑语、歌舞正酣呢，他自然要起驾去观赏一番，可见，宫廷之内，到处都是一派歌舞享乐之景。

词评

诗源于心，贫富愁乐，皆系其情。江南李氏宫中诗曰：『红日已高三丈透』（下略）与『时挑野菜和根煮，乱斫生柴带叶烧』异矣。

——（宋）李颀《古今诗话》

帝王文章自有一般富贵气象。

——（宋）陈善《扪虱新话》

此南唐未亡前李煜所写宫中行乐之词。此时江南生产力已发达，统治者享受极其侈靡。锦作地衣，即其证。

——刘永济《唐五代两宋词简析》

所抒之情，不外在江南时欢乐之情与在宋都时悲哀之情。

——唐圭璋《李后主评传》

词人逸事

李煜非常喜欢音乐，继位之后，日日沉溺于此，谱新曲，创新舞，全然不顾政事。有个叫张宪的御史曾上书说：『如今朝中都在谈论陛下把户部侍郎孟拱宸的住宅赏赐给了教坊使（官职，负责宫中歌舞事宜）

袁承进的事。从前，唐高祖李渊打算让舞人安叱奴为散骑侍郎（官职，相当于今天的顾问），大臣们都觉得可笑。如今陛下的做法与当年李渊的想法类似，您不怕别人在背后嘲笑和议论吗？』李煜听后，不仅没有生气，反而赏赐张宪三十匹帛，表扬他敢于发表意见。然而李煜并没有就此改正自己的错误，耽乐依旧。

一宫娥披发而坐，另一宫娥正帮她梳理头发，一派清晨仕女晓妆的情景。

一斛珠

晓妆初过①，沉檀②轻注些儿个③，向人微露丁香颗④。一曲清歌，暂引樱桃破⑤。

①晓妆初过：早上起床刚梳洗打扮完毕。晓，早上。②沉檀：唐、宋时妇女化妆常用的颜料，多用于眉端之间或唇上。沉，有润泽的深绛色。檀，浅绛色。③轻注：轻轻点上。些儿个，方言，即少许的意思。④丁香颗：又称鸡舌香，由两片形似鸡舌的叶子抱合而成，因此作美人舌尖的代称。又有解释为美女在开始对客启唇欲唱时，先微露一下舌尖为了稍润唇齿以便开唱。⑤引樱桃破：此句描写歌女张开红润小口歌唱的情形。引，使得。樱桃破，指歌女张开娇小红润的口。破，张开。

罗袖裛残殷色可⑥，杯深旋被香醪涴⑦。绣床斜凭娇无那⑧，烂嚼红茸⑨，笑向檀郎⑩唾。

⑥裛残殷色可：裛，沾湿。殷色，深红色。可，相称。⑦杯深：酒喝多了。旋：立即。香醪：美酒。涴：同『污』，玷污。⑧绣床斜凭娇无那：绣床。此处指歌女的床。凭，倚靠。娇无那，形容娇媚无比的样子。无那，非常。⑨茸：通『绒』，刺绣用的红色绒线。⑩檀郎：古时女子对丈夫或是恋人的美称，这个称呼起源于西晋著名的美男子潘安，他的小名便叫檀奴。

杨贵妃天生丽质，『回眸一笑百媚生，六宫粉黛无颜色』，堪称大唐第一美女。

词解

这首词是李煜前期的作品，描写了一个歌女的嘴。通过对美人嘴的多样形容，刻画出了歌女迷人的媚姿。

上阕描写歌女为宾客歌唱的情景。开篇『晓妆初过，沉檀轻注些儿个』，歌女早上梳洗完毕后，将深红色的香膏轻轻点在唇上。『些儿个』是方言，使词增添了与诗不同的特色，扩展了词的语言表现。『向人微露丁香颗』，是描写美人嘴的第一处。描写歌女与宾客相见时，微露香齿，芳香满口。描写美人嘴的第二处是『一曲清歌，暂引樱桃破』，她曼声唱着，那娇嫩的小嘴，好似樱桃绽破，露出洁白的牙齿和迷人的芳香，从侧面衬托出歌女的歌声是多么的迷人动听。

下阕描写歌女与情郎在一起调笑的情景。起句『罗袖裛残殷色可，杯深旋被香醪涴』，是描写美人嘴的第三处。歌女唱完小曲后，该陪宾客饮酒了。那沉檀轻注、春色殷红的美人嘴，如今沾上酒滴，显得格外鲜嫩，惹人喜爱。这红艳欲滴的美人嘴，浸在酒杯里，美酒立即沾染了歌女的香唇，歌女频频用罗袖擦拭唇边的酒痕，其动作无比娇媚可人。词的最后给我们画出了一幅情人之间天真烂漫的欢笑挑弄之景。『绣床斜凭娇无那，烂嚼红茸，笑向檀郎唾。』酒罢，很多宾客已散去，有了些醉意的歌女，对着留下来的心意檀郎，更加妖冶放荡了。歌女斜倚绣床，口中衔着刺绣用的绒线，一端用手拉直，这时不知檀郎说了句什么轻薄的玩笑话，歌女便发出娇嗔，将口中嚼烂的红茸吐向檀郎。歌女的动作、神情娇态描写得惟妙惟肖，精细无比。

词评

后主、炀帝辈，除却天子不为。使之作文士荡子，前无古，后无今。

——（明）沈际飞《草堂诗馀别集》

徐士俊云，天何不使后主现文士身而必予以天子位，不配才，殊为恨恨。

——（明）卓人月《古今词统》

这首词写人的妆饰，写人的服色，写人的狂醉，写人的娇态，并写得妖冶之至。

——唐圭璋《李后主评传》

此首咏佳人口。起两句，写佳人口注沉檀。『向人』三句，写佳人口

美女斜倚坐榻而卧，好一副娇柔妩媚的样子，惹人爱怜。

引清歌。换头，写佳人口饮香醪。末三句，写佳人口唾红茸。通首自佳人之颜色服饰，以及声音笑貌，无不描画精细，如见所闻。

——唐圭璋《唐宋词简释》

词人逸事

李煜的这首《一斛珠》是他与娥皇幸福生活的写照。当时北方的宋朝频频对南唐发动侵略，性格宽厚忍让而又不习军事的李煜什么都不会做，只会对宋朝年年纳贡，委曲求全，以图保留自己的小朝廷。政治上处处碰壁的李煜急需要找到一个避风港，于是，他在宫闱中过着奢侈豪华而又充满情趣的生活。

大殿上奏起了悦耳的曲声，宫女们翩翩起舞。所有的人都沉浸在美妙的乐声营造出的『仙境』中不能自拔。

玉楼春

晚妆初了①明肌雪②，
春殿嫔娥③鱼贯列④。笙
箫吹断⑤水云间⑥，重按
《霓裳》⑦歌遍彻⑧。

①晚妆初了：晚妆刚刚画完。晚妆，另本作『晓妆』。了，结束。②明肌雪：肌肤像雪一样洁白、细腻。③春殿嫔娥：皇宫大殿里的宫女们。春殿，就是宫殿，因其豪华、宽阔异常，所以叫『春殿』，唐李白有《越中览古》诗：『宫女如花满春殿，只今惟有鹧鸪飞。』嫔娥，本意是皇帝的后妃，这里泛指宫中的女子们。④鱼贯列：（宫女们）一个接一个地排成行。鱼贯，像水中的鱼一样，一个接一个的样子。⑤笙箫吹断：笙箫，两种竹制管乐器，这里泛指乐器。另本做笙歌、凤箫。吹断，吹尽、吹罢。⑥水云间：水和云相接的地方，好似缥缈的仙境。在古典诗词当中，水、云经常一同出现，这里表示乐声将听者的心绪引到了缥缈、梦幻的仙境当中。⑦《霓裳》：指盛唐时期著名的

舞曲——《霓裳羽衣曲》，唐白居易有诗《琵琶行》：『轻拢慢捻抹复挑，初为《霓裳》后《六幺》。』⑧遍彻：遍，即大遍，又称大曲，唐宋时期的音乐术语，一整套曲子称为『大遍』。彻，也是音乐术语，据《宋元戏曲史》记载：『彻者，入破之末一遍也』，声音高亢而又急促。歌遍彻意思是唱完了大遍中的最后一曲。

临风谁更飘香屑⑨，醉拍阑干情味切。归时休放烛光红⑩，待踏马蹄⑪清夜月。

⑨临风谁更飘香屑：临风，另本作『临春』，郑骞《词选》中说道：『临春，南唐宫中阁名，然作「临风」则与「飘」字有呼应，似可并存。』飘香屑：在李后主宫中，有专门『主香』的宫女，手中拿着百合香等粉屑，四处扬散，飘香屑即指此。⑩休放烛光红：休放，另本做『休照』。烛光红，指明亮的烛光，另本作『烛花红』。⑪踏马蹄：策马缓缓而行。踏，另本作『放』。

丁香因花筒细长如钉而得名。花序硕大，开花繁茂，花色淡雅，气味芳香。

词解

这首词是李煜早期的作品，描写宫廷生活。

上阕主要描绘一次宫廷夜宴的盛大场景。词人从美人的容貌入手，画完了晚妆的美女艳丽无比，皮肤好像雪一样洁白、细腻。词人并没有用太多的词汇来描摹，只是用了一个比喻，就让她的美艳呈现在了读者面前。这人可以理解为后边的『嫔娥』，同时也不妨认定就是李煜的爱妃——大周后。大周后不仅人非常漂亮，而且还和李煜一样，十分喜欢歌舞并有一定的造诣。所以，宫廷中这种歌舞，她亲自下场，必定是班头和主角。

如果首句中的美人便是大周后，那么下句中的『嫔娥』就是拱卫在一轮明月周围的璀璨群星了，她们如群鱼贯列，很好地衬托了绿叶中的红花大周后。下边两句描绘的是歌舞的盛景：大殿上奏起了悦耳、清越的曲声，又有宫女翩翩起舞。待到尾声，大殿上的所有人都已经沉浸在美妙的乐声营造出的『仙境』中不能自拔。显然，词人也在其中，他也陶醉了。

下阕写曲终人散之事。『临风』一句接上阕，陶醉了的君王忽然闻到风中飘来一阵香气，他便问：『谁更飘香屑？』其实，这些都是他想出来的逸乐之法。李煜爱玩，而且还能玩出花样来是出了名的，这『飘香屑』便是一例：他安排了专门的宫女，时不时地向空中抛洒百合香的碎屑，这样宫中四处便飘着一股股淡淡的香味。此时的君王可谓十分惬意，都『醉』了，此『醉』非『酒醉』之『醉』，而是陶醉之『醉』，下一句便是他的『醉』态描写：情不自禁地用手拍打着栏杆，陶醉得都有些忘形了。不过，这位君王倒是很有情调，他吩咐手下人：一会儿回去的路上不要点灯，我们就在这清清的月光下，听着『嘚嘚』的马蹄声回去吧！读到这里，读者的眼前也会出现词人设想的那一幕场景吧！

这首词既有浓墨重彩的铺陈，也有淡笔勾勒的描写，情调雅致、清新脱俗，足见词人功力。

词评

此驾幸之词，不同于宫人自叙。『莫教踏碎琼瑶』，『待踏清夜月』，

总是爱月，可谓生瑜生亮。又云：侈纵已极。那得不失江山？《浪淘沙》词即极清楚，何足赎也。

——（明）沈际飞《草堂诗馀正集》

上叙风辇出游之乐，下叙鸾舆归来之乐。

——（明）李攀龙《南唐二主词汇笺》

《玉楼春》，『重按霓裳歌遍彻』，《霓裳曲》十二遍而终，见香山诗自注。『临风谁更飘香屑』，『飘香屑』，疑指落花言之。

——（清）许昂霄《词综偶评》

此在南唐全盛时所作。按霓羽之清歌，爇沉香之甲煎，归时复踏月清游，洵风雅自喜者。唐元宗后，李主亦无愁天子也。此词极富贵，而《浪淘沙令》『流水落花春去也，天上人间』，又极凄婉，则富贵亦一场春梦耳。（节）其『清夜月』结句，极清超之致。《艺苑卮言》云：『后主直是词手。』

——俞陛云《唐五代两宋词选释》

后首写夜晚笙歌醉舞的情形，而夜分踏马蹄于清夜月之下，尤觉侈纵已极。

——唐圭璋《李后主评传》

此首亦写江南盛时景象，起叙嫔娥之美与嫔娥之众。次叙春殿歌舞之盛，下阕更叙殿中香气氤氲与人之陶醉。『归时』两句，转出踏月之意。想见后主风流豪迈之襟抱，与『花间』之局促房栊者，固自有别也。

——唐圭璋《唐宋词简释》

词人逸事

说到『飘香屑』，就不得不说说李煜的『帐中香』。据洪刍《香谱》记载，李煜曾经自制这种香，原料是丁香、沉香以及麝、檀等各一两，甲香三两，放到一起研磨成碎屑，再加上鹅梨汁，鹅梨是一种香味极其浓烈的梨，将鹅梨汁和前面的香料混合在一起，放在容器内，坐于水锅之上，一直蒸到梨汁全部收干为止，这样得到的就是『帐中香』，它混合了天然香料和水果的香气，也许『飘香屑』的宫女手中扬洒的就是它吧！

杏花一枝，秀雅清俊，古秀沉着。杏花娇而不艳，媚而不俗，花朵盛开，迎风招展。

子夜歌①

寻春须是先春早，看花莫待花枝老。缥色②玉柔③擎，醅浮④盏面清。

①子夜歌：此词牌又名为《菩萨蛮》，李煜的词中，这两个词牌名并用。本首词保存不全，有较多缺字，『盏面』后缺一字，现在的『清』字为《历代诗馀》所补，『何妨』一句原只有『频笑粲』三字，『何妨』二字为王国维所补。『同醉』句似有错字。②缥色：原意是青白色、淡青色，这里用来指代淡青色的瓷酒壶。③玉柔：洁白似玉，温软柔嫩，用于描绘女人的手，在这里则指代手。④醅浮：未过滤的酒，唐白居易《问刘十九》：『绿蚁新醅酒，红泥小火炉。晚来天欲雪，能饮一杯无？』这里泛指酒。浮，酒中的泡沫渣滓，呈青绿色，又称浮蚁、绿蚁。

何妨频笑粲⑤，禁宛⑥春归晚。同醉与闲评⑦，诗随羯鼓⑧成。

⑤粲：露齿而笑、大笑的样子。⑥禁宛：也作「禁院」、「禁苑」，帝王游乐嬉戏的地方，平民百姓禁止进入，所以称「禁宛」。⑦闲评：另本作「闲平」，「评」、「平」相同，意为随意地品评、议论。⑧羯鼓：羯为少数民族名，为「五胡十六国」中「五胡」之一。「羯鼓」为一种打击乐器，盛行于唐代，形状好似漆桶，下支鼓床，鼓的两头皆可以击打，又叫两杖鼓，温庭筠有诗《华清宫》：「宫门深锁无人觉，半夜云中羯鼓声。」

正值春暖花开之时，赏玩院中的满园春色是人生一大乐事。美人们的笑脸，或颦或笑，风情万种。

词解

此词是李煜前期的描写宫廷享乐生活的作品。

前两句运用对仗句抒发词人胸臆，唐人有诗『有花堪折直须折，莫待无花空折枝』，李煜取其意为全词定下基调，同时也注定了全词思想性不高的结果。既然春天已经来了，就要尽情享受，赏花也不要错过了花期，这也反映了李煜及时行乐、得乐且乐的性格。下面，词人开始描绘行乐的场景，先是饮酒，有美人呈上美酒，『玉柔』代美人，从此也可想象出美人姿色；『擎』为高举之意，准确描摹出美人的动作，虽然着眼于呈酒的美人，但是，一旁悠然自得、饶有情调的君王李煜之态也可以想象。

接下来是赏花，正值春暖花开之时，赏玩院中的繁花似锦、万紫千红，也是人生一大乐事。那些花朵恰似美人的笑脸，或颦或笑，风情万种。赏花、赏美人不可分，李白《清平调》：『名花倾国两相欢，常得君王带笑看。』在李煜眼中，院中的鲜花和服侍他的美人一样，都是他纵情享乐生活中的一部分。

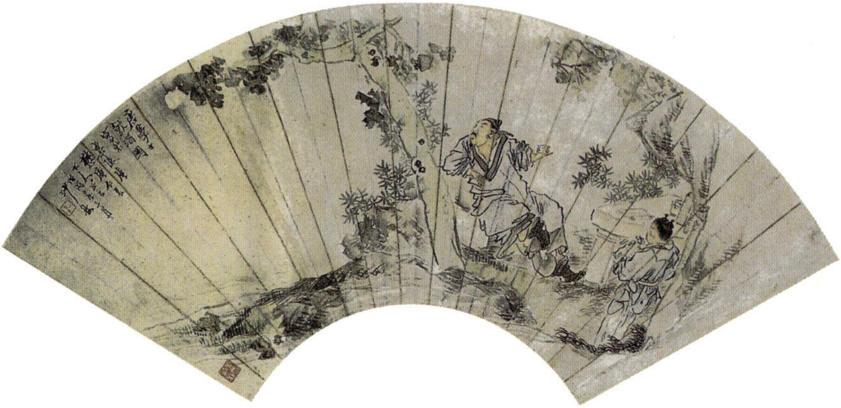

最后两句描绘的是吟诗，这样一位才气逼人的君王的享乐生活怎能不吟诗？大家一起饮酒至醉，随意闲谈。君王则在展示他的才情：一通羯鼓响过，他的诗已经写成。不过，作为一位文人，有这样的文采自然要称道；不过作为一位统治帝国的君王，『生于深宫之中，长于妇人之手』的李煜却以追求『诗随羯鼓成』为豪，读来也有一种讽刺的意味。

李煜还有一首题为《子夜歌》的词，开头句为『人生愁恨何能免』，更为著名，不过那首词作于李煜已经成为阶下囚、笼中鸟之后，彼时心境和此词中的宫廷享乐形成鲜明对比，读来不禁令人感叹人生无常。

词评

这是写春天里在禁苑中过着饮酒赋诗的闲适生活。开首由人生应该及时行乐说起，次说女人劝酒，再次说欣赏禁苑的春色，最后说赋诗。通篇都写得比较自然平淡，和主题相适应。

——詹安泰《李璟李煜词》

词人逸事

词中李煜敲响羯鼓为自己吟诗助兴，这其中还暗藏着一个典故，那就是李煜先祖、唐明皇李隆基的『羯鼓催春』。早春二月的一天早晨，雨霁云消，唐明皇看见庭院中的花朵含苞待放，他不禁叹道：『景色如此壮丽，我何不降旨催春？』左右的侍从赶紧凑趣、迎合皇上，纷纷准备酒，但是谁也不知道该如何『催春』。还是唐明皇的心腹高力士最能揣摩圣意，他取来一只羯鼓，明皇一见大喜，命其击鼓，奏一曲《春光好》。果然，宫中内苑红杏绽放、新柳吐芽，明皇乐不可支，说道：『看来我都可以代天公行事了。』不过，李煜却不认为这件事有多么荒唐，反倒认定自己的祖先如此，自己当然要效仿了。

女子宽袖长裙，信步闲踱，凝视远方，心中期盼着自己的情人早时来与自己约会。

菩萨蛮

花明月暗笼轻雾，今宵好向郎边去。刬袜①步香阶，手提金缕鞋②。

①刬袜：刬音「产」，刬袜即光着脚，袜底着地的意思。②金缕鞋：以金线绣花装饰鞋面的鞋子。

画堂③南畔见，一向④偎人颤。奴⑤为出来难，教郎恣意怜⑥。

③画堂：古代宫中有着华丽彩绘的殿堂，泛指华丽的宫室。④一向：一向同一饷、一晌，一会儿，一阵时间的意思。⑤奴：古代女子自称谦词，也作奴家。⑥恣意怜：恣意，尽情、纵情；怜，爱怜、疼爱。

词解

这是一首非常著名的艳情词，描绘的是一位女子和她的情人幽会偷情的情景。

此词上阕描写这位少女前去约会的情景。『花明月暗笼轻雾』，即描绘了路上的景致：繁花似锦，月色朦胧，轻雾如纱，同时又点出了赴约的时间：傍晚时分，『今宵好』，用来幽会再合适不过。下两句则是这位女子的动作描写，词人抓住了她的一个谨小慎微的动作进行描写：脱下脚上的金缕鞋提在手中，只穿着袜子走上了台阶，顿时，她的婀娜身段、轻盈步履顾盼生姿，都浮现在读者脑海当中，紧紧地抓住了读者的心。

再看词的下阕，在『画堂南畔』，这个少女见到了她的情人，她情不自禁地依偎在他的怀抱里，『芳心乱跳』，身体竟不禁颤动起来，『一向』表明了这个依偎动作的持续时间，她在痛快地享受着爱情的甜蜜。短短五个字，少女那热切、激动而又心满意足的神态跃然纸上：前面一番担惊受怕终于实现了价值，积蓄已久的感情终于找到了发泄的出

女子与情人两情相悦，情真意切。两人尽情地享受着甜蜜的爱情。

路！最后两句，词人『引述』了这位少女的话：奴家任你恣意爱怜！情真意切，语言浅显，毫无作伪之态。不过，此一句和上一句一样，未免有些狎昵、露骨，女子敢如此毫无忌讳地吐露内心的想法，这在封建礼教的时代是不可想象的。

需要指出的一点是，这首词的思想性远不如其中所包含的艺术性。它感情真挚、描写生动，且从女子视角下笔，新颖独特；语言朴实、口语化色彩明显，虽隐约可见是宫闱之事，却不见一般宫闱诗词之富贵、华丽，所以，这首词无愧于李煜爱情词的代表作，当然，其入词事涉轻薄艳丽之意，则应当予以批判。

词评

徐士俊云：『花明月暗』一语，珠声玉价。

——（明）卓人月《古今词统》

竟不是作词，恍如对话矣。

——（明）茅瑛《词的》

结语极俚极真。

——（明）潘游龙《古今词馀醉》

孙琮评：『感郎不羞赧，回身向郎抱』，六朝乐府便有此等艳情，莫诃词人轻薄。

（节）李后主词『奴为出来难，教君恣意怜』。正见词家本色，但嫌意态之不文矣。

——（清）沈雄《古今词话·词品》

『刬袜』二语，细丽，『一向』妙，香奁词有此，真乃工绝。后人着力描写，细按之，总不逮古人。

——（清）陈廷焯《云韶集》

此首写小周后事。起点夜景，次述小周后忽遽出宫之状态。下阕写相见相怜之情事，情真景真，宛转生动，『奴为』两句，与牛给事之『须作一生拚，尽君今日欢』，同为狎昵已极之词。

——唐圭璋《唐宋词简释》

情真景真，与空中语自别。

——（清）许昂霄《词综偶评》

词人逸事

据说李煜在这首词中写的女子就是他的后宫妃子之一——小周后，她是大周后，也就是昭惠皇后的妹妹。李煜还没有和女英正式成婚之时，就写了这首艳词，并制成乐府，广泛流传于民间。他和女英正式成婚之时，他的大臣们包括韩熙载、徐铉等作诗嘲讽他的不耻行径，比如『四海未知春色至，今宵先入九重城』，用词尖酸刻薄，但是李煜却丝毫不在意，照样和小周后寻欢作乐，以致荒废了朝政。

菩萨蛮

蓬莱院①闭天台女②，画堂昼寝人无语③。抛枕④翠云⑤光，绣衣闻异香。

①蓬莱院：蓬莱为传说中的仙山名，据《史记·封禅书》中记载：『蓬莱、方丈、瀛洲，此三神山者，其传在渤海中，去人不远。患且至则船风引而去。盖尝有至者，诸仙人及不死之药皆在焉。』这里用蓬莱院代指仙人的住所。②天台女：天台是山名，在今浙江省天台县以北。据

此画描绘的是仙境蓬莱的景象，山川湖海吞吐日月的壮丽和雄伟尽显其中。

女子斜卧美人榻，鬓云乱洒，朱唇微翘，明眸紧闭，样子甚是娇媚。

《太平广记》、《太平御览》等记载，在东汉之时，有两个人刘晨、阮肇进天台山采药，遇见两个女子，留住半年方回家，这时他们发现，他们的子女已经传了七代了，他们这才知道那两个女子是仙女。所以后人用天台女指代仙女。③人无语：另本作『无人语』，意同。④抛枕：人熟睡之时，头部远离了枕头，好似『抛弃了枕头』，故名『抛枕』。⑤翠云：指代女子乌黑浓密的头发，宋柳永有《洞仙歌》：『记得翠云偷剪，和鸣彩凤于飞燕。』

潜来珠琐⑥动，惊觉银屏梦⑦。脸慢⑧笑盈盈，相看无限情。

⑥珠琐：用珍珠连缀而成的，或者有珍珠装饰的门环，门开启便会叮当作响。⑦银屏梦：银屏，指发着银白色光芒的围屏或者屏风，银屏梦即是好梦的意思。⑧脸慢：另本作『慢脸』，同义。慢为曼的借字。曼，光纤细嫩，南朝梁刘遵有《繁华应令》诗：『鲜肤胜粉白，慢脸若桃红。』

词解

这首词是李煜早年之作，描写的是宫廷生活。具体说则是一位男子去见他的情人，和另一首《菩萨蛮》（花落月暗笼轻雾）正好相反，结构则极为相似，所以可以称得上是姊妹篇。

此词上阕写这位男子去见情人、情人却在睡觉的情景。情人在哪？身居蓬莱仙院，自是天台仙人，其美自不待言。一个『闭』字，似乎点出了这位女子的身份：深居简出，一般人不得睹其芳姿，这也正好和这女子乃是李煜的宠妃——小周后的说法契合。再往下看，此时正是白天，殿堂之上却静悄悄，原来这位女子正在『昼寝』，于是，作者用他的妙笔描绘了她的睡态：长发乌黑亮丽，好似翠云，绣衣下的玉体似乎散发着异香。短短十个字，一位貌美如仙的女子形象便跃然纸上。

上阕是女子睡态描写，是静态，下阕则是动态描写。这位男子虽是小心翼翼，悄声潜行，但是开启门户时，门上的珠琐响动，那位女子闻之醒来。可见她虽在梦中，但是也非沉睡，可能和男子早有约定，所以一有响动，便辞了周公而回。

且看梦中醒来的她如何看她的情郎：『脸慢笑盈盈，相看无限情』：满面含笑，两人四目相对，深情无限。这个时候，目光交流是最好的交流方式，如果说一些甜言蜜语反倒破坏了这个意境。词人仿佛是一位手段高超的摄影师，不过他手中的不是照相机，而是神来妙笔，准确地抓住了情人之间这最具幸福感、最妙不可言的一瞬间加以描绘，生动而又富有情趣，读者读来也会会心一笑，神来之笔当之无愧。

和《菩萨蛮》（花落月暗笼轻雾）相比，这首词同样写男女幽会，但语句不涉狎昵，反倒自然、含蓄，静中有动，动静相谐，是李煜前期词作的代表作之一。

词评

『脸慢笑盈盈，相看无限情』（《菩萨蛮》），『胆色暗相钩，秋波横欲流』（《菩萨蛮》），『奴为出来难，教郎恣意怜』（《菩萨蛮》），所写也都缱绻缠绵，婉约多情。

——唐圭璋《李后主评传》

词人逸事

据说这首词中的这位女子便是李煜的宠妃——小周后，前面已提到过，她是昭惠皇后、也就是那位大周后的妹妹。昭惠皇后二十九岁那年，染上了重病，小周后女英进宫探望，却被李煜撞见，两人因此有了私情，大周后得知后病情加重，最终不治。临死之前，她却异常镇定，要求用李璟赐给自己的烧槽琵琶陪葬，又提出薄葬的要求。随后她强撑病体，为自己沐浴更衣，又亲手放一块玉含在嘴里，随后便香销玉殒于瑶光殿西室。李煜悲痛万分，悔恨交加，自称『鳏夫煜』，又写下了一篇长达数千字的《昭惠周后诔》，语气极为酸楚。

红衣女子优游闲适，容貌丰腴，衣着华丽，坐在园中树边石凳上弹古琴。

菩萨蛮

铜簧①韵脆锵寒竹②，新声③慢奏移纤玉④。眼色暗相钩⑤，秋波⑥横欲流。

①铜簧：乐器中的薄片，以铜制成，吹奏时震动发声。②锵寒竹：寒竹，这里代指竹制管乐器，比如笙、竽、笛等等。锵寒竹，即寒竹锵，竹制的乐器发出了锵然的声音。③新声：新制的乐曲，或者是新颖、美妙的曲子。④移纤玉：纤玉代指美人的手指，形容其像玉一样纤细白嫩。移纤玉，即纤玉移，指美人的手指在乐器上移动，演奏出动听的乐曲。⑤眼色暗相钩：眼色，即眼神，用眉目传情。钩，同勾。⑥秋波：这里代指美人的双眼，比喻其眼神好似秋水一般清澈、明亮，宋苏轼有诗《百步洪》：『佳人未肯回秋波，幼舆欲语防飞梭。』

雨云⑦深绣户⑧，未便谐衷素⑨。宴罢又成空，魂迷春梦⑩中。

⑦雨云：即云雨，指男欢女爱之事，典出战国楚宋玉《高唐赋》：楚王游高唐，梦中的巫山神女自荐枕席，临走时说『旦为行云，暮为行雨』，所以后世将男女之事称为『云雨』。⑧绣户：雕绘华美、装饰华丽的屋子。⑨未便谐衷素：未便，没有立即。谐，谐和。衷素，发自内心的真情。⑩魂迷春梦：魂迷，另本作『梦迷』；春梦，另本作『春雨』、『春睡』。

女子秋水似的双眸看着一池的荷叶，可心却无时无刻不在念着她的情郎。

词解

这首词描绘的是这样的一个场景：在宫廷宴会上，一位男子被演奏乐器的一位宫女所深深吸引，但最终未尝所愿、怅然若失。

词上阕描绘宴席上的情景。词人独辟蹊径，以描绘乐曲声音作为切入点：乐声清脆锵然，着实撩拨人的心弦。接下来，词人的目光转移到演奏乐曲的人身上，着眼点自然从乐器转到乐器之上的手指上，有指如纤玉，人美亦可知。接下来目光上移，演奏人秋水似的双眸好像会说话，她看着注视她的男子，毫不掩饰地以眉目传情，这里语言浅显直白，表现大胆、露骨，却十分真实，生动地描绘了这位春心暗含女子的神情。

再看下阕，这位男子显然动了心，他的三魂七魄似乎都被这位女子的撩人眼神所勾走，不知身在何处，乐声充耳不闻，他沉浸在自己的春梦中，幻想着和这位女子能在『绣户』中春风一度，『雨云』一番，但是，很快，他又回到了现实当中，『未便谐衷素』，两人感情没有马上谐和一致，这也许是因为，这位男子认定，面对这位以音乐『做媒』的美人，自己应该先与其相互理解、互通情愫才是。再往下看，男子正在胡思乱想，宴会已经结束，美人已去，一切成空。他还沉浸在对刚才那一幕的无限追思中，那纤纤玉手，那撩人明眸，都足以让他陶醉，所谓『魂迷春梦中』。

全词写男女恋情，用词择字大胆，表露直白，有些语句未免露骨，但却真实再现了当时场景，堪称传神，且结局是好事成空，也不失高雅。李煜的爱情词擅长抓取一个片段，甚至是一个瞬间着力描写，往往以小见大，妙不可言，这首词便是如此。

词评

徐士俊云：『后主词率意都妙。即如「衷素」二字，出他人口便村。』

——（明）卓人月《古今词统》

精切。后叠弱，可移赠妓。

——（明）沈际飞《草堂诗馀续集》

《古今词话》云：『词为继立周后作也。』幽情丽句，固为侧艳之词。赖次首末句以迷梦结之，尚未违贞则。

——俞陛云《唐五代两宋词选释》

词人逸事

李煜不仅文采出众，对音乐也颇有研究，可谓精通音律，他的宠妃大周后也是如此，李煜的身边人，即便是宫女也有通晓音律者。有一次，李煜怀念起故去的大周后，就想排演她作的《邀醉舞破》、《恨来迟破》曲子，但是因为好长时间没演奏过，左右人都已经忘了，有一个叫流珠的宫女却能都记下来，李煜遂大喜。所以，这首词里写的这位女子，很可能就是流珠这样的人。

喜迁莺

深院独处，冷冷清清，毫无欢愉气氛，只有寂寞愁思相随，女子深感凄凉愁苦。

晓月坠①，宿云②微③，无语枕凭欹④。梦回芳草⑤思依依，天远雁声稀⑥。

①晓月：早晨的残月。②宿：昨夜。③微：消散。④枕凭欹：倚靠着枕头。⑤芳草：所怀念的人。⑥雁声稀：思念的人音信杳无。

啼莺散，余花⑦乱，寂寞画堂⑧深院。片红休扫尽从伊⑨，留待舞人归。

⑦余花：指春末时还没有凋零的花。⑧画堂：有彩画装饰的厅堂。⑨片红休扫尽从伊：不要扫掉落地的花瓣，任由它飘落在地上。

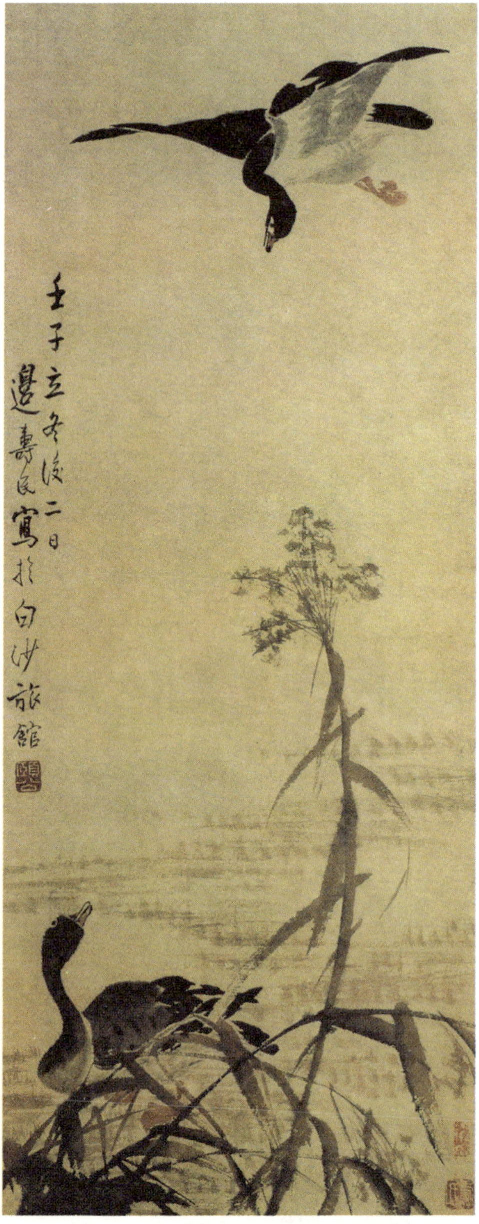

孤独的芦雁静静飞过平静的芦苇丛，让人感到阵阵悲凉、孤寂。

词解

这是一首描写相思之情的词作。

上阕写主人公梦醒后的不尽相思。『晓月坠，宿云微』，好梦初醒，此时天快要亮了。残月已经沉落，昨晚的云连同美好的梦境都已经散开，梦中人和梦都逝去了。『无语枕凭欹』，主人公默默无语，孤苦伶仃地倚靠着枕头，心绪烦乱、辗转不安的情形呼之欲出。『梦回芳草思依依』形容主人公梦醒后仍深深怀念梦中人。『芳草』是一种代指，就是主人公梦中所见依依怀恋的人，『芳草依依』采用了倒装句式，即『依依思芳草』。

正当主人公沉浸在对梦中人依依怀念之时，天边传来了孤独凄凉的雁鸣声。这突然传来的雁鸣声使主人公在瞬间完全惊醒，这才发现自己仍旧独守空房。能够梦到日夜思念的人，似乎已经很幸运，但美梦被彻底惊醒后，一片愁绪之多之乱，愁怨之甚，已不用言表。

下阕描写寂寞的暮春景象，表示对佳人的思念期盼之情。『啼莺散，余花乱』，天色渐渐明亮，整日啼鸣的莺鸟已经飞走，曾经是姹紫嫣红的花朵已经落英缤纷，铺满庭院。『寂寞画堂深院』，居所虽然富丽堂皇，但深院独处，冷冷清清，毫无欢愉气氛，只有深院中的寂寞愁思相随，主人公深感凄凉愁苦。『莺散』、『花乱』将『画堂深院』中主人公的孤苦相思的形象表现得淋漓尽致。暮春残景，形单影只，环境的描写其实正是主人公心境的写照，寂寞的景象也正衬出了主人公哀婉深沉的情思。

结尾两句『片红休扫尽从伊，留待舞人归』仍是借景寓意，意思是说不要扫掉落地的花瓣，任由它飘落在地上吧！这纷纷飘落的落花好似主人公心中挥之不去的相思之情。郁结于心的相思之情无法排解，主人公索性『尽从伊』，任由悠悠思恋之情缠绕在心头，直到『舞人归』。但这殷殷待归的良苦用心，会不会如美梦一般被惊醒后仍然是一场空呢？余味引人深思。

词评

此二词，此首及《采桑子》（庭前春逐红莫尽），殆亦失国后所作。

春晚花飞，宫人零落，芳讯则但祈入梦，落红则留待归人，皆描写无聊

之思。《采桑子》词之眉头不放暂开，殆受归朝后禁令之严，微有怨词耶？

——俞陛云《唐五代两宋词选释》

词人逸事

这首词是李煜前期的作品，此时南唐常常受到北宋的侵袭，李煜无奈只能靠进贡偷生。他的内心不免凄凉和哀伤。所以，他这一时期的作品，都弥漫着淡淡的哀愁。此词中的『舞人』，可能是指故去的大周后。据陆游的《南唐书后妃诸王列传》记载，大周后『善歌舞，犹工琵琶』。李煜与大周后常常一起弹琴、跳舞。有一次，大周后有些微醉，便拉着李煜陪自己跳舞。李煜则逗她说：『好啊，但你要特意给朕谱写一首新曲子。』大周后非常有音乐才能，很快便为李煜谱写了一首曲子，名叫《邀醉舞破》。邀醉舞即表明这个曲子是大周后在酒醉后邀请李煜跳舞所写的。『破』表示这个曲子节奏很快。李煜非常高兴，于是与大周后一起翩翩起舞。

女子倚窗凝望菊花，心中寂寞而悲凉，不知何时才能与情郎再次相逢，『帘卷西风，人比黄花瘦』的意境。

更漏子

金雀钗①，红粉面②，花里暂时相见。知我意，感君怜③，此情须问天。

①金雀钗：古代妇女头饰的一种，钗头为雀形的金钗。②红粉面：用胭脂水粉涂过的面颊。红粉，古代妇女化妆时用的胭脂水粉，有

少女早早地就精心打扮一番，却苦苦等不来自己的情郎，不禁联想春恨秋悲皆自惹，花容月貌又为谁妍？

时也代指美女。③怜：怜爱。

香作穗④，蜡成泪⑤，还似⑥两人心意。珊枕腻⑦，锦衾⑧寒，夜来更漏残⑨。

④香作穗：用来说明香燃烧后留下的其状如穗之烬，即香穗。宋苏舜钦有《和彦猷晚宴明月楼》诗：『香穗萦斜凝画栋，酒鳞环合起金罍。』⑤蜡成泪：蜡烛燃烧时流下的蜡油好似泪状，即蜡泪。唐李商隐有《无题》诗：『春蚕到死丝方尽，蜡炬成灰泪始干。』这里指蜡已燃尽。⑥还似：另本作『还是』。还，依然。⑦珊枕：另本作『山枕』。珊枕，即珊瑚枕。唐李绅有《长门怨》诗：『珊瑚枕上千行泪，不是思君是恨君。』腻，光滑。⑧锦衾：锦缎的被子。唐岑参有《白雪歌送武判官归京》诗：『散入珠帘湿罗幕，狐裘不暖锦衾薄。』⑨更漏残：指天快亮了。更漏，指晚上的时间。唐戎昱有《长安秋夕》诗：『八月更漏长，愁人起常早。』漏，指漏壶，古代滴水计时的仪器。残，殆尽。

词解

这首词在《花间词》中题为温庭筠所作，在《尊前集》中归为李煜的作品，后人据此将其归入了《南唐二主词》。

这是一首描写男女聚欢离愁的爱情词。上阕主要描写欢聚的情景。起句『金雀钗，红粉面』，描写少女在与情郎约会前的精心打扮，头上插了金雀钗，脸上扑了胭脂水粉。可是，如此精心地打扮，如此热切地企盼，只能『暂时相见』，反差巨大，隐约预示着在现实中有种种阻力阻碍他们见面，为后来的离别做了铺垫。虽然只能与情郎在花前月下短暂地相聚，但浓浓的爱意是无法阻止的，少女还是决定要去见郎君，并感激郎君如此怜爱自己。『知我意，感君怜』是少女的口吻，少女向情郎表达了自己的真切不变的情意，并表示此情可让天作证，少女感情的至纯至真已不言而喻。

下阕写离愁。与情郎分别后，不知何时才能重逢。少女日夜思君，孤枕难眠。『香作穗，蜡成泪』，刻画出了少女凄苦孤寂的心情，正面写物，侧面写人。眼看着香残蜡尽，少女的心无比寂寞愁苦，却仍然相信情郎与自己是心心相印的，『还似两人心意』。但两情相悦的恋人却无法长相厮守，更使人痛彻心扉。结尾三句『珊枕腻，锦衾寒，夜来更漏残』，以景寓意，其实并非因珊瑚枕太滑而无法入眠，实际是少女愁苦憔悴，无法躺下入睡。『锦衾寒』，也不是锦缎的被子太凉，而是少女心里孤单凄冷，所以觉得格外寒冷。与情郎分离后，少女心里凄苦寂寞难以入睡，就这样，孤枕难眠地度过了一夜，不知不觉天亮了。

全词采用对比的写法，上阕写欢聚，下阕写离愁，手法别致。

词评

雀钗，华贵首饰。《晋书·元帝纪》：『将拜夫人，有司请示雀钗，帝以烦费不许。』曹植《美女篇》：『头上金爵钗，腰佩翠琅玕。』雀、爵古字同。孙光宪《酒泉子》：『袅袅雀钗抛颈』是也。暂时：或本作暂如。兹据明巾箱本校改。知我：谓君也。感君：谓我也。怜：爱也。言当时两情相得，惟天知之，故云问天。『香穗』谓香之烬也。此言契阔已久，君心如香穗，如死灰，不复念我，我心之忧，不可细言，只

有流泪如蜡耳。此以香穗比君，以蜡泪比我，故云『还似两人心意』也。

——华钟彦《花间集注》

词人逸事

我国古代的女子有缠足的习惯，社会上也有崇尚所谓的『三寸金莲』的病态风俗。据说缠足的做法和李煜有很大的关系。传说他的后宫中有位女子名叫『窅娘』，她有个特点，就是用白帛裹足，身轻如燕，最擅长的就是『金莲舞』，舞姿非常动人，所以博得了李煜的宠幸。于是，后世的女子纷纷仿效她用白帛裹足的做法，一直延续了上千年。

窅娘是南唐后主李煜嫔妃，善跳舞。跳舞时好像莲花凌波，俯仰摇曳之态优美动人。

采桑子

庭前春逐红英尽[1]，舞态徘徊[2]。细雨霏微[3]，不放双眉时暂开[4]。

①庭前春逐红英尽：庭前，另本作『亭前』。逐，追逐。红英，红色的花朵。②徘徊：这里是指花朵回旋、飞转的样子。③霏微：霏，雨、雪下得很密的样子，霏微是叠韵的形容词，这里表示细雨纷纷，唐李端有《巫山高》诗：『回合云藏月，霏微雨带风。』④不放双眉时暂开：不放双眉，即紧锁双眉的意思，这句意即无法暂时展开双眉。

花枝浓浓的眷恋之情也留不住纷纷落下的花瓣，正如个个红颜弱女子最终也逃不过香销玉殒的命运。

绿窗⑤冷静芳音⑥断，香印⑦成灰。可奈情怀⑧，欲睡朦胧入梦来。

⑤绿窗：即绿纱窗，泛指女子的闺房。唐李绅有《莺莺歌》诗：『绿窗娇女字莺莺，金雀娅鬟年十七。』⑥芳音：即佳音，好消息。另本作『芳春』、『芳英』。⑦香印：即印香。古人焚香计时，将多种香料粉碎成末后调和在一起，倒入铜制的印盘里，印盘多数呈篆文的『心』字形。用的时候，将一端点燃，用以计时。唐白居易《酬梦得见戏长斋》诗：『香印朝烟细，纱灯夕焰明。』宋蒋捷有《一剪梅》：『银字笙调，心字香烧。』清纳兰容若《梦江南》词：『心字已成灰。』⑧可奈情怀：可奈，怎奈。情怀，心情。

身居烟翠中，夜听潇湘雨。

词解

这首词描写了一位女子伤春、思人，从而产生的无从排解的忧愁之情。

上阕先写晚春情景：庭院当中，昔日盛开的红花好像被春追逐的一样，都从枝头落了下来，它们对花枝还有浓浓的眷恋之情，即便落向地面，也是『徘徊』而下，久久不愿离开。接下来登场的是霏霏春雨，它不仅打湿了翩翩飞舞的花瓣，也在女主人公的心里升起重重愁云。词人把落花人格化了，它们好像那红颜弱女，起舞人间，最终大多逃脱不了香销玉殒的命运。眼前的情景触动了女主人公的心事，所以她才会『不放双眉时暂开』。

下阕主要是对女主人公进行描摹。绿窗是女子闺房的代名词，『冷静』说明女主人公现在的生活孤单、寂寞，独守空房。不过，这还不是她忧愁的真正原因，真正的原因在这一句的后三个字：『芳音断』：好久没有佳音传来，这怎能不忧愁！屋里，『香印』烧成了灰，这象征着女主人公那颗原本炽烈的心就像那香印一样，正在一点点冷却，正所谓『心灰意冷』。但是，思人之苦，不是那么容易打发的！到了入睡之时，这种痛苦愈发严重，她只能到梦中去排解忧愁了，希望自己可以和思念的人在梦中相会！

这首词既写景又抒怀，景色描写和抒发感情丝丝入扣，完美地契合了女主人公的孤愁心境。那雨打落英，那成灰香印，也就是词中的女主人公的真实写照。全词词句精致，情调哀婉深切，颇能感染读者。

梧桐清阴笼罩房栊，阴郁的环境更显出女子生活孤单、寂寞，独守空房的悲凉。

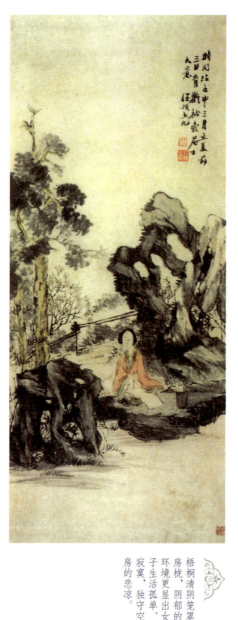

词评

幽怨。

——（清）陈廷焯《词则·别调集》

词人逸事

关于这首词的成词时间，历来有不同的观点。近代知名学者俞陛云把这首词和《喜迁莺》（晓月堕）一起，认定为李煜亡国入宋后之作，尤其是那句：『不放双眉时暂开。』俞陛云猜测：『《采桑子》词之「眉头不放暂开」，殆受归朝后禁令之严，微有怨词耶？』其实，这种推测也有站不住脚的地方。李煜前期的词，虽然多数描写他日日笙歌、歌舞升平的生活，但是也不能排除他偶借妇女口吻，写别梦幽怀的可能。相反，再看他后期的词，怀念故国往昔，感情异常真实，丝毫不隐瞒自己的情绪，以至于最终招来杀身之祸。所以，那时的亡国之君李煜未必还有这样的满腔幽怨情怀，就像这首词这样。

柳树从中房舍掩映，渔舟系泊岸边。水面逐渐开阔，柳堤村舍渐远，直至水天相接。

更漏子

柳丝长，春雨细，花外漏声迢递①。惊塞雁②，起寒乌③，画屏金鹧鸪④。

①迢递：远远传来。②塞雁：边塞之雁，比喻远离家乡的人。③寒乌：又作『城乌』，乌鸦。④画屏：用彩画装饰的屏风。金鹧鸪：鹧鸪是一种鸟，此处指画屏上画的金色的鹧鸪鸟。

香雾薄，透重幕⑤，惆怅谢家⑥池阁。红烛背⑦，绣帷垂⑧，梦长

从不走出高门大户的闺中女子娇贵矜持，但仍难掩寂寞无趣的心，用香扇扑蝶取乐。

君不知。

⑤重幕：又作『帘幕』。重，层层。⑥谢家：此处泛指闺中女子。西晋谢奕的女儿谢道韫、唐代李德裕的妾谢秋娘都非常有名，后人因此以『谢家』指代闺中女子。⑦红烛背：指烛光熄灭。⑧绣帷：又作『绣帘』，绣花的帘布。

词解

这首词在《花间词》中题为温庭筠所作，在《尊前集》中归为后主李煜的作品。从词意看，当为李煜前、中期的作品。这是一首描写女子春夜相思愁苦的春怨词。

开篇『柳丝长，春雨细，花外漏声迢递』，由景写起，以此衬托女主人公的感受：窗外细雨飘洒，柳条丝丝。在花木之上，积水渐渐多了起来，一滴一滴地落下来，在这宁静的夜晚，听起来好似铜壶的滴漏声。这『柳丝』好似情丝一样悠长，这细雨不仅打湿了柳条、春花，也打湿了独守空房的相思女子。

在这寂寞宁静的夜晚，这滴漏声仿佛石破天惊，不仅惊起了塞雁、乌鸦，甚至连花屏上的金鹧鸪都被惊起，要破屏而飞走了。这些纯是女主人公在外界刺激下的一些主观感受，以显示女主人的心绪不宁，夜不能寐。

下阕写女主人公所居室内的情景：香雾透过帘幕，使闺人更加惆怅。香雾虽薄却能透过层层的帘幕，好似相思的愁苦挥之不去，驱之还来，如今谁能理解闺中女子心中的惆怅、凄苦啊！红烛将要燃尽之时，女子轻轻放下绣花的帘布，想以睡梦来排遣这相思的愁苦，可是她转念一想，梦毕竟只是梦，即使她梦到了相思的人，但是梦里有君君不知啊！一个「长」字，足见相思的幽深，实际上是暗指「君」的无情，由「君」的「不知」更写出了女子的「惆怅」和愁苦。

全词动静、虚实结合，言简情深，含蓄蕴藉，曲致动人。

词评

飞卿《更漏子》云：「红烛背，绣帘垂，梦长君不知。」《酒泉子》云：「月孤明，风又起，杏花稀。」作小令不似此着色取致，便觉寡味。

——（清）吴衡照《莲子居词话》

「画屏金鹧鸪」，飞卿语也，其词品似之。「弦上黄莺语」，端己语也，其词品亦似之。正中词品，若欲于其词句中求之，则「和泪试严妆」，殆近之欤。

——王国维《人间词话》

《更漏子》四首，与《菩萨蛮》词同意。「梦长君不知」即《菩萨

蛮》之『心事竟谁知』、『此情谁得知』也。前半词意以鸟为喻，即引起后半之意。塞雁、城乌，俱为惊起，而画屏上之鹧鸪，仍漠然无知，犹帘垂烛背，耐尽凄凉，而君不知也。

——俞陛云《唐五代两宋词选释》

词人逸事

后主李煜也曾像此词中的女主人公一样，朝思暮想着小周后。当时因母后去世，需守制三年，他只好等三年后才娶小周后。好不容易抱得美人归，所以李煜十分宠爱小周后。他为其创造了一个『花屋藏娇』，在小周后住的后宫里，所有的墙壁、台阶、窗台都被插满了鲜花，李煜还亲笔题写了一个『锦洞天』的门匾。此外，他还在花丛中搭建了许多装饰精美的小亭子，四周用红色的丝绸一围，中间正好容得下两个人。他和小周后兴致一来，就躲在这样的亭子里谈情说爱，饮酒赋诗，过着花香、酒香的二人世界。

女子眉目清秀，丰润秀雅，小臂轻举发上簪花，举手投足间尽显婀娜。

长相思

云一緺①，玉一梭②，
澹澹衫儿薄薄罗③。轻颦双黛螺④。

①云一緺：指女子蓬卷如云的头发。云，这里指头发。緺，古代女的子头发一束为一緺。②玉：指插在女子头上的玉簪。梭，本是织布用的梭子，此处用来比喻玉簪。③澹澹：同『淡淡』，形容衣裳的颜色轻淡。衫儿，古代女子穿的短袖上衣。罗，罗裙。④颦：皱眉头。黛螺，古代女子画眉用的颜料，此处借指眉毛。

秋风多⑤，雨相和⑥，
帘外芭蕉三两窠⑦，夜长人奈何。

⑤秋风：另本作『风声』。⑥雨相和：指雨声与风声交织一起。⑦窠：同『棵』。

词解

此词应是李煜前期的作品，描写一位女子的秋夜愁思之情，是典型的闺怨词。

上阕勾勒出了女子动人的形貌和神态。『云一緺，玉一梭』，描写女子发式、头饰之美。女子秀鬟如云，梭簪如玉。接着又写女子淡雅的衣着，『澹澹衫儿薄薄罗』。『澹澹』和『薄薄』两个叠词的使用，别具一格，于浅白中见新意，于细微处见匠心。虽没有明写女子容颜，但这种比喻和衬托却从侧面写出了女子的容貌娇美、气质高雅、体态轻盈。

可是，姣美动人的美人却愁容满面，『轻颦双黛螺』。她轻皱着眉头，原来她心中有悠悠的幽怨和愁苦。

下阕借秋景写美人心境，是上阕『轻颦双黛螺』的延续。『秋风多，雨相和，帘外芭蕉三两窠』，瑟瑟秋风本就容易催人发愁，更何况还『雨相合』，词人没有单写风，也没有单写雨，而是写风雨交加，更增添了秋夜愁思的凄苦。秋风冷雨相加，风扫庭院雨打芭蕉，而美人的愁苦

女子容貌娇美、气质高雅、体态轻盈，十分动人。

心绪正与这瑟瑟秋风、潇潇秋雨交织在一起，终于不自禁地长叹：『夜长人奈何。』漫漫长夜，孤苦一人。窗外秋风卷帘，雨打芭蕉，在这令人心碎的声响里，相思又该是怎样的滋味呢？这寂寞冷清的长夜该怎么熬呢？

全词用词极美，意境淡雅凄冷，词中处处写愁，但却只见愁意，未见愁字，是写闺怨秋思、雨夜轻愁的一篇不可多得的佳作。

词评

『多』字、『和』字妙。『三两窠』亦嫌其多也。

——（明）沈际飞《草堂诗馀续集》

徐士俊云『云一緺，玉一梭』缘饰

尤佳。

——（明）卓人月《古今词统》

字字绮丽，结五字婉曲。

——（清）陈廷焯《云韶集》

情词凄婉。

——（清）陈廷焯《词则·闲情集》

叠写出美人的颜色、服饰、轻盈袅娜，正是一个『梨花一枝春带雨』的美人，而后叠拿风雨的环境，衬出人的心情，浓淡相间、深刻无匹。

——唐圭璋《李后主评传》

词人逸事

南唐后宫里的嫔妃们大多是『高髻、纤裳』的打扮，正如此词中主人公的打扮。据陆游《南唐书》记载，此种打扮是大周后创制的：『创为高髻纤裳及首翘鬓朵之妆，人皆效之。』多才多艺的大周后和才华横溢的李煜结合后，她的各项才能都得到了淋漓尽致的发挥。

杨柳枝

风情①渐老见春羞，到处芳魂②感旧游。多谢③长条④似相识，强垂烟穗拂人头⑤。

①风情：原指男女相恋之情，此处指娇美的容貌。②芳魂：指美人的魂魄。另本作『消魂』。③多谢：另本作『多见』。④长条：指下垂的柳条。⑤烟穗：枝叶茂盛的柳条，望去若穗，随风摆动，轻如烟雾。

宫女怕自己青春已逝，年老色衰，而羞于见到大好的春色，在柳树下描眉。

词解

此词是李煜为一宫女所写，表面是写柳，实际是以柳喻人，抒发了韶华已逝、风情不再的淡淡忧伤。

开篇以『风情渐老』领起，直写宫女人老色衰、青春已逝，暗含无限的伤感。『渐』字用得极妙，将留春不住的无奈心情刻画得淋漓尽致。春色明媚，百花争妍斗艳。而此时女子却『见春羞』，自觉羞于见春，表现了女子年华已逝，美艳不复当初的自伤自艾。比喻生动，情怀毕现。这是后主对宫女体察入微，了解她的感受，替她抒写的。侍奉帝王的宫女，无不有千种风情，娇媚百态，而此时青春易逝的宫女自然会觉得『羞愧』。不过她也曾美艳一时，『到处』指宫女原在宫中受宠过，处处都曾留下过她欢愉的影子。而今『芳魂感旧游』，旧地重游，景虽旧景，但人已不再娇美，怎能不令人黯然神伤。

李煜很理解这位宫女，并极力安慰她说：『多谢长条似相识，强垂烟穗拂人头』。他安慰宫女说，年华虽然无情地流逝了，但旧时的主人对你是有情的，未曾忘记你。虽然你『见春』会感到羞愧，但春天对你仍很眷恋，那轻垂的柳条仿佛要轻拂你的头，正向你打招呼呢！人间红颜难驻，不必伤感，你仍在我心上，何必自惭。『强垂』二字愁意渐深，柳枝本无『强垂』之意，但人总有邀宠之心，刻意求宠，而又因『风情渐老』而求宠不得，因此勉强不来的无可奈何之情让人感伤不已。

全词通过宫女的感伤情怀侧面地写出了她的不幸身世，虽是李煜代笔，但个中深情却真切动人。

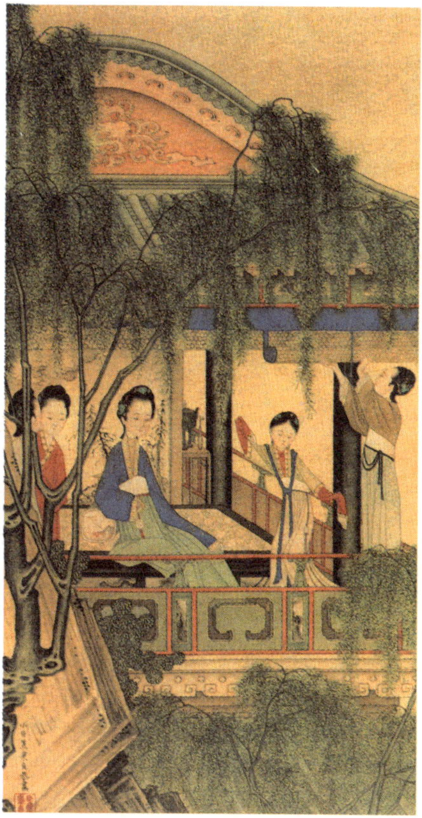

满园春色，春光明媚，百花争奇斗艳，女子们赏春的时候也不免想到自己的芳华也同这大好春色一般，只是一时，终究不能长久。

词评

江南李后主曾于黄罗扇上书赐宫人庆奴云：『风情渐老见春羞（下略）。』想见其风流也。扇至今传在贵人家。

——（宋）张邦基《墨庄漫录》

毕景儒有李重光黄罗扇，李自写诗一首云（略）。后细字书云：『赐庆奴』。『庆奴』似是宫人小字，诗似柳诗。

——（宋）姚宽《西溪丛语》

江南李后主尝于黄罗扇上书以赐宫人庆奴云云（略），宋时犹传诸贵人家。『见春羞』三字，新而警。

——（明）顾起元《客座赘语》

词人逸事

后主李煜在一次春游时，偶然注意

到了他曾经宠爱的宫女庆奴。此时的庆奴青春已逝，已不再随君伴驾了。庆奴在宴游中不言不笑，李煜读懂了她的自卑、伤感的心，不禁起了怜爱之情，便立即命人拿过一把扇子，在扇面上为庆奴写了这一首《杨柳枝》。庆奴看到此词后，非常感动，从此十分珍爱那把扇子。

根据史书记载，李煜拥有很多随侍左右的宫娥，除了庆奴以外，还有如黄保仪、流珠、宜爱等人。后主与这些宫娥们产生了真正的感情。亡国之际，他曾『挥泪对宫娥』。

渔父

浪花有意千重雪①，桃李无言一队春②。一壶酒，一竿身③，世上④如侬⑤有几人。

①千重雪：又作『千里雪』，指层层叠叠的白色浪花。苏轼《念奴娇》有句：『乱石穿空，惊涛拍岸，卷起千堆雪。』便是由此词句演化而来。

②桃李：又作『桃花』。一队春：一排排桃花、李花正盛开着，表明春色正浓，春意盎然。③一竿身：指一根钓竿。④世上：又作『快活』。

⑤侬：我。

词解

此词是李煜为画家卫贤的《春江钓叟图》所题的词，表达了他追求闲适、隐逸的情趣。

开篇『浪花有意千重雪，桃李无言一队春』，选取了两个场景表现渔父的逍遥生活。一是江上，浪花翻滚如雪，一望无际；另一个是岸上，桃花正竞相怒放。这画中的主人公渔父，驾着一叶小舟，随水顺风而下。轻舟分浪飞驶，浪花迎面。两岸一排排桃花、李花正竞相怒放，将春天装点得非常灿烂美丽。其中浪花翻滚，本是『无意』，而词人却说『浪花有意』，好像层层叠叠的浪花有意卷起雪浪来使渔父身心愉悦，衬托出渔父快乐的心情。词人寥寥数字便将画中意境描绘得淋漓尽致。

描写完美景后，接着写渔父的装束。『一壶酒，一竿身』，渔父身上挂着一壶酒，手里撑着一根钓竿，怡然自得。此句是点睛之笔，描绘出了渔父淡泊潇洒的精神状态。有酒、有竿、悠然独钓，多自由，多快活！因此词人借渔父之口发出了这样的人生感叹，『世上如侬有几人』，意思是说世界上像我这样快活的人能有几个！后主李煜天性仁厚真挚，可是却不幸生在皇室，他非常羡慕画中渔父的生活，因此发出了此种感叹。全词语淡情疏，诗情与画境浑然一体，趣致盎然。

词评

右二阕见《全唐诗》、《历代诗馀》，笔意凡近，疑非李后主作也。

彭文勤《五代史》注引《翰府名谈》：张文懿家有《春江钓叟图》，卫贤画，上有李后主《渔父词》二首云云，此即《全唐诗》、《历代诗馀》之所本。

——王国维辑本《南唐二主词》

有渔竿，有美酒，悠然垂钓，世上有几人能像渔父这般悠然畅快？

词人逸事

当李煜还是一个普普通通的皇子的时候，为了躲避他的长兄李弘冀对他的排挤和打击，一头扎进了故纸堆里。他身在皇宫中，却浸在文艺世界里，一心向往隐士生活。他还给自己取了很多外号，如『钟山隐士』、『莲峰居士』、『钟山白莲』等，他就是要向世人宣告，他想当隐士。此词便是这个时期的作品。

桃花盛开，春色正浓，情趣盎然。

疏梅朗月，青竹秀石，烟笼水面。雍容典雅的仕女正在吹奏洞箫，动听的箫声让人沉醉。

谢新恩①

秦楼不见吹箫女②，空余上苑③风光。粉英金蕊自低昂④。东风恼我，才发一衿香⑤。

①谢新恩：词牌名，即临江仙。李煜有《谢新恩》词六首，出自孟郡王家墨迹，但是纸幅断烂，已经有不少错字、缺字的地方。历代文人整理出四首，另有一首《谢新恩》（冉冉秋光留不住）即不分段，平仄又不和临江仙调，又不合其他词调，所以一般不予收录。②秦楼不见吹箫

春风拂动，春意盎然，一派生机勃勃的景象，而词人的心境却因追忆往事，泛起阵阵惆怅。

女：这句中有一个典故，据汉代刘向的《列仙传》记载，战国秦穆公的时候，有个叫萧史的人擅长吹箫。秦穆公的女儿弄玉很喜欢音乐，秦穆公就把弄玉嫁给了萧史，给他二人建了一座凤楼。萧史教弄玉吹箫，悠扬的箫声引来了凤凰，于是弄玉乘凤、萧史乘龙，二人双双成仙而去。秦楼，就是凤楼，吹箫女即是弄玉。③上苑：古代供帝王打猎、游玩的园林。④粉英金蕊自低昂：粉英金蕊，粉色的花瓣，金黄色的花蕊，这里泛指花卉。自，自然。昂，高。这句话的意思是各种各样的花朵自然地高低起伏着。⑤一衿香：衿同襟，这里用的是比较生动的说法来『量化』风。

琼窗梦□（注：原缺）留残日，当年得恨⑥何长，碧阑干⑦外映垂杨，暂时相见，如梦懒思量。

⑥得恨：抱恨。⑦碧阑干：青绿色的栏杆。

词解

这首词是李煜早期的作品，据说是他悼亡大周后之作。李煜十八岁和大周后结婚，恩爱十年，感情一直很好。但是红颜薄命，大周后在公元965年香销玉殒。李煜痛不欲生，留下了很多饱含深情的作品，这首词便是其中之一。

上阕中，词人抒发痛失爱妻的悲痛之情，他将自己和周后比作萧史和弄玉。那是一段千古传唱的佳话，他们在凤楼上鸾凤和鸣。但是，现在『秦楼不见吹箫女』，只剩下男主人公一人形单影只，悲痛心情不言自明。再往下来，上苑风光无限，本是宫廷享乐不二场所，但是，现在词人却没有心情去欣赏，只因为享乐生活的中心人物去了——没有了她，再好的景致也会黯然失色。下面则具体描绘词人的这种心理状态：上苑中，万紫千红的花朵争奇斗艳，但是却无法勾起词人的兴致。他只能想到，人间的人来人往，岂不是和这花谢花开一样，都是无情的自然规律，不能抗拒。东风更是无端恼我，只留给我『一衿』的香气。『才发』二字也隐含深意，表面上是埋怨东风来迟、百花早已盛开，其实还隐藏着这样一层意思：最爱的人没有长相伴，早早便逝。词人借景抒情，将眼前的情景和此时的心境融为一体。

下阕，词人追忆往事，又是一阵愁苦、怅恨。『琼窗梦□留残日，当年得恨何长』，首句缺一字，不过从『琼窗』、『残日』可以看出和上阕一样，眼前景致无限好，只是心境悲凉。一个『恨』字，点出全词的感情基调，词人在『恨』什么？恨自己和爱妻阴阳相隔，还是恨自己的多情无义？大周后病重，自己却和她的妹妹小周后终日相处在一起。词人的恨，正像白居易的《长恨歌》里写的那样：『天长地久有时尽，此恨绵绵无绝期。』接下来，词人笔调忽得一转，有一幅春景出现：春风拂动下的杨柳摇曳多姿，和绿色的栏杆浑然成景，生机盎然。但是，词人的心情还是十分低落，即便相见，也是在梦中，就不为这短暂而又虚幻的喜悦多费心思了。最后一句显露了他万念俱灰的心态，连『思量』都懒得去了。

词人逸事

李煜的爱妃大周后和李煜成婚十年之后，身染重病，撒手人寰。

石前的少妇正与身旁的女子专注地观看一童子玩槌球游戏，童子手持木拍正欲击球。

据史料记载，她和李煜的第二个儿子李仲宣的夭折，也是导致她最终不治的一个重要因素。李仲宣非常聪明，三岁的时候，就能一字不漏地背出《孝经》，这是当时科举考试的教材之一。他也非常懂礼数、有礼貌，李煜和大周后都视其为掌上明珠。不幸的是，在乾德二年（公元964年）的一天，四岁的小仲宣在佛堂前玩耍，忽然，一只猫窜了出来，把一盏大琉璃灯撞到了地上，摔个粉碎，小仲宣惊吓过度，就此得了一场病，后来就夭折了。这时大周后本来就已卧床不起，闻此噩耗更是雪上加霜，没过几天也去世了。妻儿的不幸也深深地影响了李煜的性格，将这份情感融入创作之中。

谢新恩①

樱花②落尽阶前月，象床③愁倚薰笼④。远似⑤去年今日恨还同。

落叶知秋，春光已逝。此情此景不禁令女子联想到自己的青春是不是也同这春意一样，一去不返了。

①谢新恩（樱花落尽阶前月）一词为《谢新恩》六首词中的第二首，但是缺字、句情况太多，已经无法辨别出是否是《谢新恩》或者是《临江仙》。此词上下阕各缺一个七字句，而且前后词句也不符格调，但是内容清新，颇具文学价值。②樱花：落叶乔木，春天开红白色的花，非

李清照，宋代女词人，对诗词散文书画音乐无不通晓，后因丈夫去世再加亡国伤痛，情感与诗词亦变得凄凉悲痛。

常好看，果实呈小球状，即樱桃。唐李商隐有《无题》诗：『何处哀筝随急管，樱花永巷垂阳岸。』③象床：上面有象牙雕饰的床，非常贵重，又称牙床。唐温庭筠有《过五丈原》诗：『象床宝帐无言语，从此谯周是老臣。』④薰笼：即熏笼，一种放在火炉上的器物，可以用来熏香、烘物以及取暖。唐王昌龄有《长信宫词》：『熏笼玉枕无颜色，卧听南宫清漏长。』⑤远似：另本作『远是』。此句意为，去年之恨和今年之恨一样。

双鬟⑥不整云憔悴⑦，泪沾红抹胸⑧。何处相思苦，纱窗醉⑨梦中。

⑥双鬟：古代女子的一种发型，呈两个环状。唐白居易有《续古诗》：『窈窕双鬟女，容德俱如玉。』⑦云憔悴：云指代女子柔顺舒卷如云的头发，憔悴则是形容头发干枯、暗淡。宋李清照有《永遇乐》词：『如今憔悴，风鬟雾鬓。』⑧抹胸：即『兜肚』，古代女子的一种内衣，没有后片只有前片，可以护住胸腹部。⑨醉：另本作『睡』。

词解

这是一首闺怨词，抒写女主人公难以排解的相思之苦，是李煜中早期的作品。

上阕开端描绘一幅清冷孤寂的画面：初夜时分，月光已经移到了阶前。春光已去，盛开的樱花现在已经是落红满地了。面对眼前此情此景的女主人公是否有这样的心理——我的青春就像这落下的樱花、逝去的春光一样，已经一去不复返。目光再转向室内，也许是夜半风凉，女主人公回到屋里，坐在装饰华美的象牙床上，倚着熏笼，『愁』字是

她此时心理状态的最佳写照。下一句长达九字，千回百转，勾勒出她的愁苦心境，其实，今年之恨和去年之恨还是不一样的，去年今日还是新愁，今年今日已是旧愁新恨一起涌上，恨更深，愁也更切。

下阕重点描绘这位闺中思妇的形象，只见她容颜不整，抹胸还为泪水打湿。『女为悦己者容』，现在『悦己者』却身在远方。女主人公自然也就懒怠梳妆，所以才会『云憔悴』。从她还梳着『双鬟』的发型推测，她还很年轻，但是却已饱受思怨之苦，着实可怜。最后两句结尾：何处的相思最苦？还要属梦中！户外景致，花落春去；室内旧物，睹物思人，这些都会勾起无限的相思。但是，这都比不上梦醒那一刻，现实中万般思念在梦中都可以实现，但是却在梦醒那一刹那戛然而止。梦境终究是虚幻的，但是这却带来了最苦的相思！

这首词虽然残破，但是内容叙述完整，借景抒情，描摹感情真挚，也不失为一则佳品。

词人逸事

作为词人的李煜有心情尽情描绘思妇的忧愁心理，而且描绘手段高超。但是作为皇帝，他的治国手段就不敢恭维了。他和赵匡胤的一段故事还留下了一句千古名言：『卧榻之旁，岂容他人鼾睡！』那是在公元974年，赵匡胤召李煜到汴京朝见，李煜不敢去，于是派出手下大臣徐铉到汴京去见赵匡胤，没想到赵匡胤没有再和他磨嘴皮子，就说了一句：『卧榻之旁，岂容他人鼾睡！』徐铉当即吓得不敢再作声。于是，这句话就流传了下来，形容自己的势力范围，不容许别的势力插足。

『菊花开，菊花残』，相思如菊，丝丝皆情。

长相思

一重山，两重山，山远天高烟水①寒，相思枫叶丹②。

菊花开，菊花残，塞雁高飞人未还③，一帘风月④闲。

①烟水：雾气迷蒙的水面。②相思枫叶丹：枫叶红时相思之情正浓，暗指相思之心红如枫叶。丹，红色。

③塞雁高飞人未还：大雁已南归，可是人却未归。塞雁，塞外的鸿雁，塞雁春季北去，秋季南来，因此古人常用以表示对远离故乡的亲人的思念。④风月：风声月色。

词解

此词描写了一位闺中女子的悲秋思夫之情。词的上阕由山写起，一重两重，重山更远山更重，正仿佛思妇心中思重重、恨重重，愈重愈苦愈相思。山重水复，相思之人在何处？即使将这秋水望穿，也越不过这恼人的重峦叠嶂。山水无情，将有情人分两头。其实，『寒』的不是『烟水』，而是思妇的心绪。『相思枫叶丹』，红红的枫叶，点燃了思妇的相思，也点燃了一秋的愁绪，漫天的悲情。这红似火的枫叶，好似相思的心，可是这红彤彤的美丽枫叶却无人欣赏，正如这苦苦相思的人儿无人怜爱。昼思夜想的人儿啊，何时才能归呢？词中描写了重山、高天、秋水、寒烟，意境绝美，情景交融。

下阕『菊花开，菊花残』，点明此时是晚秋时节。上阕写相思如枫，此处写相思如菊，丝丝缕缕都是情，又是一年菊开菊落，又是一年相思成残。时光流转，相思日重，雁已归来，可是相思的人仍不见归还，此情何堪！菊已凋残，秋已离去，只剩下『一帘风月』，冷冷清清，无限寂寥，就如那颗盼夫的心。『一帘风月』是景，『闲』却是情，风月

时光流转，相思日重，春去春又来，大雁已经回来了，可是相思的人仍不见归还，此情何堪！

无情当然闲静，可是思妇的心怎能平静！『闲』字用得好，既是对比，又是烘托，给人无限的回味余地。

全词紧紧抓住秋来写相思，秋天的山、水、枫叶，秋天的花、雁、风月，众多的景物烘托出一个清冷寂寥的秋境。人在其中，相思之情与境谐。这种以景衬情的写法具有极强的艺术感染力。

词评

句句有怨字意，但不露圭角，可谓善形容者。

——（明）李廷机《新刻注释草堂诗馀评林》

因隔山水而起各天之思，为对枫菊而想后人之归。……怨从思中生而怨不露，是长于诗者。

——（明）李攀龙《南唐二主词汇笺》

此词以轻淡之笔，写深秋风物，而蒹葭怀远之思，低回不尽，节短而格高，五代词之本色也。

——俞陛云《南唐二主词辑述评》

词人逸事

这首词应是后主李煜中前期作品，此时的南唐早已是风雨飘摇、江河日下。李煜却束手无策，只能吟词作对，沉湎于酒色。为了寻找更多的精神慰藉，李煜开始信奉佛教。公元969年，李煜下令取消僧侣名额限制，规定只要百姓愿意当和尚，马上就可以到寺庙里剃发，并免除各种赋税徭役，同时还奖励二两黄金。从此以后，南唐僧人数

重重叠叠的山峦正如女子心中对丈夫的思念一般，即使望穿秋水，也断不了这阵阵的悲秋思夫之情。

量急剧增加，庙宇林立，国家财政入不敷出。李煜贵为一国之君，居然还常常为僧侣削厕简。厕简就是小竹片，古人上厕所用的。据说李煜每次削完厕简之后，还要在自己的脸上刮一刮，看看光不光滑，很担心竹片不光滑会刮伤僧侣。赵匡胤听说李煜崇佛的事情之后，就暗地里挑选了一位懂点儿佛学、能说会道的少年，一路化缘到江南。李煜非常崇拜他，称其为『小长老』。李煜在这个『小长老』的蛊惑下，只知烧香拜佛。李煜过度崇佛，为南唐的灭亡埋下了祸根。

两三好友徜徉于山水之间，有清风明月作伴，吹曲附歌，何等惬意！

阮郎归[1]

东风吹水[2]日衔山[3]，春来长是闲[4]。落花狼藉[5]酒阑珊[6]，笙歌[7]醉梦间。

①阮郎归，词牌名，又作《醉桃源》、《碧桃春》。此词传为南唐大臣冯延巳所作，见于冯延巳之《阳春集》；又传为北宋名臣欧阳修所作，见于《欧阳文忠公近体乐府》。但现在基本已确定此词为李煜所作，因多种南唐词抄本此词名下均有注：『呈郑王十二弟』，篇末亦注：『后有隶书东宫书府印。』所以这首词当是李煜写给他的弟弟郑王的。郑王李从善，李璟第七子（古人兄弟排序依大小多种排法），初封郑王，后改封为韩王，后又封为郑王。②吹水：另本作『临水』。③日衔山：落日紧紧挨着山顶。④长是闲：总是闲着。闲，无聊、无事。是，另本作『自』。⑤狼藉：杂乱不堪的样子。宋欧阳修有《采桑子》词：『群芳过后西湖好，狼籍残红，飞

絮蒙蒙。』⑥阑珊：残落、衰落的样子，宋贺铸有《小重山》词：『歌断酒阑珊，画船箫鼓转，绿杨湾。』⑦笙歌：吹笙、唱歌。笙，一种竹制管乐器，由若干根长短不一的簧管组成，用口吹奏。唐王维有《奉和圣制十五夜然灯继以酺宴应制》诗：『上路笙歌满，春城漏刻长。』

佩声悄⑧，晚妆残⑨，凭谁⑩整翠鬟⑪。留连光景⑫惜朱颜⑬，黄昏独倚阑。

⑧佩声悄：佩即玉佩，古代用玉制成的饰物，随身佩带。悄，声音低微。『佩声悄』三字另本作『春睡觉』。⑨晚妆残：天色渐晚，酒醉妆容都残了。⑩凭谁：另本作『无人』。⑪整翠鬟：整，整理。翠，青绿色；鬟，古代妇女的一种环形发髻，唐高蟾有《华清宫》诗：『何事金舆不再游，翠鬟丹脸岂胜愁。』整翠鬟即梳理头发，宋欧阳修有《生查子》词：『含羞整翠鬟，得意频相顾。』⑫留连光景：珍惜时光。留连，留恋，而不愿离开。光景，时光。⑬朱颜：红润、美好的面庞，这里指代稍纵即逝的青春。朱，红色。

少妇思念远在他乡的丈夫，孤独寂寞，整日无所事事，唯有独倚寒石度过漫长的时光。

词解

这首词是李煜中期的作品，表面上看是一个非常普通的题材：闺怨。其实李煜是通过这种手法表达他对他的『郑王十二弟』的思念。闺怨者，闺中之怨，这是诗词中一种长盛不衰的题材，通常是描写少女的青春寂寞心理，或者是少妇的离别相思之情。李煜这首词描绘了一位少妇思念远方的丈夫的情景。

先看上阕，描绘的是这位少妇的『狼藉』生活。『东风吹水日衔山』，作者从描写景物入手，接下来少妇抒发了她的无聊心情：春天总是觉着很无聊、闲得慌。这恐怕也是词人自己心情的写照，他的词里经常可见这个闲字。他的『闲』，不是闲情逸致、轻松自在的闲，而是无所事事、闲极无聊的闲。可想而知，身为一国之君，本应日理万机，他却有如此感觉，亡国也不奇怪了。不过他却丝毫不避讳说自己『闲』，也够坦诚。下面两句是这位少妇的生活速写：外出赏花，一地的残花败叶；酒席宴上直喝到杯盘狼藉，醉眼朦胧，耳边萦绕着笙声、歌声。这样的生活，说是醉生梦死一点都不为过，恐怕李煜每天过着的也是这样的生活。

下阕是这位少妇酒醒之后，伤春自怜的情景：听不见环佩叮当作响，脸上还带着昨夜欢歌后的残妆，但是现在却无心梳洗打扮。在古代，环佩为男子专属物，所以，少妇无心梳妆、不饰仪容的原因就不言自明了。结尾两句语调平淡，进一步抒发了主人公寂寞、伤心的心境，一个『独』字，表露出她孤单、寂寥的境遇，又回应了上阕的『闲』字，『闲』是『独』的结果。

作者假托少妇思夫，表达了自己思念弟弟之情，语言朴素，毫无雕饰，感情真挚，感人至深。

词评

意绪亦似归宋后作。

——（明）沈际飞《草堂诗馀正集》

徐士俊云：后主归宋后，词常用『闲』字，总之闲不过耳，可怜。

——（明）卓人月《古今词统》

上写其如醉如梦，下有黄昏独坐之寂寞。似天台仙女，伫望归期，

神思为阮郎飘荡。

——（明）李攀龙《南唐二主词汇笺》

李后主著作颇多，而此尤杰出者。

——（明）李廷机《草堂诗馀评林》

词为十二弟郑王作。开宝四年，令郑王从善入朝，太祖拘留之。后主疏请放归，不允。每凭高北望，泣下沾襟。此词春暮怀人，倚阑极目，黯然有鸰原之思，煜虽孱主，亦性情中人也。

——俞陛云《唐五代两宋词选释》

词人逸事

李从善是李煜的『十二弟』，其实他是李璟的第七子，李煜和他的关系非常亲密。据说李璟立储的时候，也曾考虑过李从善，而李从善自己也以为『有希望』，也打探过消息，但是天性仁厚的李煜丝毫不在意这一点，对这个弟弟还是像以前一样，友爱有加。后来，李从善作为使者去见赵匡胤，被扣了下来。李煜当时急得像热锅上的蚂蚁，他给赵匡胤上表，求他放了自己的弟弟，还写了一篇《却登高赋》，想发动感情攻势，用兄弟情义打动赵匡胤，他情真意切、泪水涟涟，但是这些除了招来他敌人的轻蔑一笑以外，什么作用都没有起到。

「练」是一种丝织品，仕女们认真地用木杵捣制，使制出的绢更加洁白柔软。

捣练子令①

深院静，小庭空，断续寒砧断续风②。无奈夜长人不寐③，数声④和月⑤到帘栊⑥。

①《捣练子令》一词在《尊前集》中记为冯延巳所作，但是冯延巳的《阳春集》中却并未收录。②砧：捣衣石，此处指捣衣声。古时候，妇女常常将生丝织成的绢用木杵在石头上捣软制成熟绢，以便缝制成衣服。妇女在捣衣时常常会想念远方的人，因夜深天寒，因此称为寒砧。唐李颀有《宴陈十六楼》诗：「四邻见院木，万井度寒砧。」③无奈：另本作「早是」。不寐，另本作「不寝」。不寐，无法入眠。④数声：几声，此处指捣衣的声音。⑤和月：伴随着月光。⑥帘栊：挂着帘子的窗子。栊，指窗子，《说文》：「栊，房室之疏也。」

词解

此词描写的是主人公因寒夜捣衣的声音而引发的离情愁绪。

词的开篇描写了一个十分寂静、空虚冷清的环境『深院静，小庭空』。主人公深居这空旷、冷清的庭院，备感凄苦寂寞。头两句看似写景，实际是衬托出主人公内心的寂寞、凄苦。『深』本身就有一种无法明见的孤寂之感，『静』既为捣衣之声能声声入耳做了铺垫，只有在这安静、寂寥的环境里，远处被风吹来的捣衣的声音才有可能被这小庭深院的主人听到。在这寒冷凄苦的夜晚，主人公听到了时断时续的风声带来了若有若无的捣衣声音。两个『断续』用得极妙，表面是指风声时断时续，捣衣之声有轻有重，暗指主人公的心境，忧思波浪起伏、无法宁静，这砧声令主人公想起的是别离、忧愁和相思。另外『寒砧』一词寓意也很深，不仅仅是指夜寒，还指代主人公因愁苦相思之情难遣导致的心寒。此三句看起来是写景，实际上是写人，是以景寓意的写法。

紧接着『无奈夜长人不寐』，描写了主人公长夜无眠、离愁绵远

僻静的小院，时断时续的风声，都显出些许的空旷冷清，而女子内心无限的寂寞与孤苦又有几人知呢？

的情景。『无奈』不仅是无可奈何之意，更增强了主人公情思的愁苦。主人公为什么夜深不寐呢？不是砧声吵人，也不是风声扰人，而是这若有若无的砧声所引发的相思离愁。夜虽然很深了，可是这砧声仍断断续续地在响，并伴随着月光传入了帘栊，『数声和月到帘栊』。秋月的冷光和砧声和在一起，共同触动着这位『不寐』者的心弦。

全词虽然没有一字明写愁思，却声声字字都表现出主人公惹人生怜的愁苦之情。词人没有大肆渲染，只是用『数声』的砧声和朴素的月光唤起了读者对一个孤独无眠者的同情和怜爱，毫无雕琢之痕，情深意切。

词评

『可怜九月初三夜，露似珍珠月似弓。』此乐天《暮江吟》后二句，见《白氏长庆集》卷十九。后主不应全袭之。且《鹧鸪天》下半阕，平仄亦与《捣练子》不合，显系明人赝作。

——王国维《南唐二主词》

后主始无奋斗之志，后亦不思奋斗，平居贪欢作乐，国危则日夜戚伤。其《捣练子》云『无奈夜长人不寐』，《相见欢》云：『无奈朝来寒雨晚来风』，朝朝暮暮，只觉无奈。

——唐圭璋《屈原与李后主》

词人逸事

此词中主人公的『无奈夜长人不寐』是李煜内心的真实写照。面对南唐的衰落，李煜深感『无奈』。据记载，李煜刚当皇帝时，曾努力要治理好国家。他确实曾励精图治，赏罚分明过。有一次，李煜革除了横行霸道的金陵烽火使韩德霸的职位，此事一时传颂江南。负责掌管京城治安的韩德霸经常无故欺压百姓。一天，韩德霸又干了坏事，国子监教授卢郢打抱不平，将韩德霸拉下马来，痛打了他一顿。韩德霸向李煜告状，结果李煜毫不手软，立即革了韩德霸的职，并称赞了卢郢。

李煜曾为国家选拔了一些英才，南唐一时人心思进，气象为之一变，国家也获得暂时的安宁。但其灭亡的宿命并没有因李煜短暂、微薄的努力而改变，因此李煜只能是深深地『无奈』、愁苦了。

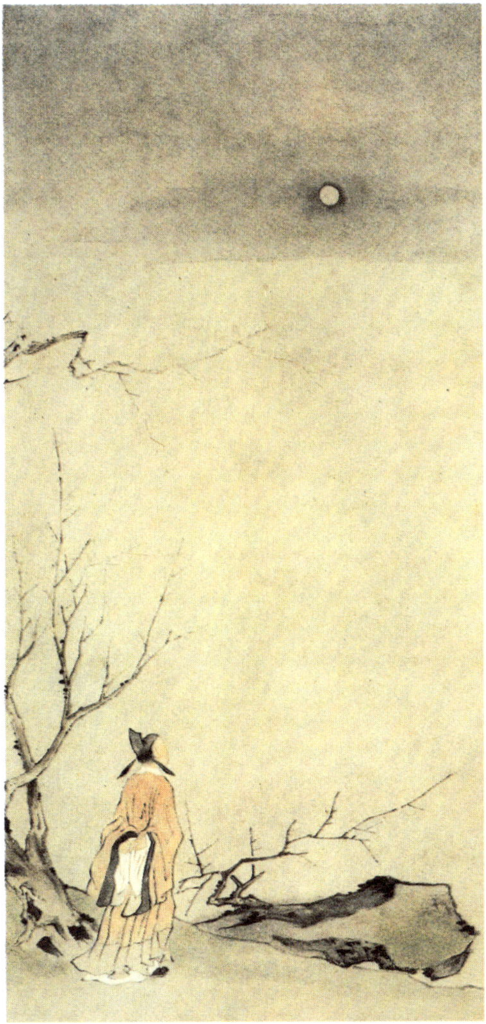

梅下独自赏月，勾起满腔思乡情。

捣练子令

云鬟①乱，晚妆残，带恨眉儿远岫攒②。斜托香腮③春笋嫩④，为谁和⑤泪倚阑干⑥？

①云鬟：鬟发像乌云一般浓黑、秀美。②远岫攒：远处的山峰相互聚拢，此处是指女子双眉紧皱。岫，山。攒，聚集。③香腮：女子的腮颊。④春笋嫩：形容女子的手指像春笋一样纤细、娇嫩。⑤和：含着、带有。⑥阑干：同栏杆。

女子心头的忧愁无法排遣，独自一人在窗边，不知为谁把那伤心泪儿流。

词解

这首词是李煜前期的作品，描写一女子倚栏相思的情景。

上阕从女子的秀发和妆容着笔，『云鬟乱，晚妆残』，心烦意乱的女子无心打扮自己，她如云的鬟发都乱了，面部也已经脱妆了。『乱』和『残』二字，使女子愁苦、悲伤的心情呼之欲出。接下来是女子表情的描写，『带恨眉儿远岫攒』，女子紧皱双眉，心里有无限的哀怨！『攒』字是『带恨眉儿』的动作，用『远岫』喻之，不但妥切传神而且独具意蕴。

下阕是一幅动人的特写，『斜托香腮春笋嫩，』那缠绕在心头的愁思无法排遣，女子忧伤地用纤细、娇嫩的小手斜托着面颊。『为谁和泪倚阑干』，她靠在栏杆上，也不知她在为谁流着伤心泪！『斜托』二字生动别致，极其传情，将女子楚楚动人的仪态、愁苦的思绪表现得淋漓尽致。此两句明白如画，直描其景，直问其情，虽问而不需答。『为谁』二字将女子满腹伤心写出，并使词旨一下子明朗起来，原来女子憔悴、忧伤和『恨』是因为意中人，正所谓『为伊消得人憔悴』！

全词字字未提相思，但字字都与相思之情有关，用形态写心情，

粉面上一点朱唇，神色间欲语还羞；娇美处若粉色桃瓣，举止处有幽兰之姿。

用远山喻愁情，笔意清新，淡远悠长。由此也可见李煜描摹形态、抒写情意的高妙水平。

值得注意的是，王国维辑本《南唐二主词》将此词列入了补遗中。《花草粹编》载此词，没有写词作者。

词评

『云鬟乱』阕前段尤能以画家白描法形容一极贞静之思妇，绫罗之暖寒，非深闺弱质，工愁善感者，体会不到。……可知远岫眉攒，倚阑和泪，皆是至真至正之情，有合风人之旨。即词境词格，亦与之俱高。虽重光复起，宜无间然。或独讥其向壁虚造，宁非固欤？

——（清）况周颐《蕙风词话》

词人逸事

后主李煜接手的南唐是个不折不扣的烂摊子，国库亏空，还要不停地向北方上贡。李煜心中的无奈、愁苦只能通过词来表达。他虽为一国之君，却没有治国的才能。而有治国才能者，他又不重用，不能知人善任。

大臣韩熙载原是北方人，其父亲因事被杀，他于是逃到了江南，投奔了南唐。起初，他受到了中主李璟的宠信。当后主李煜继位后，北方的后周正威胁着南唐的安全，李煜一方面向北周屈辱求和，一面又对北方来的官员百般猜疑。在这种情况下，官居高职的韩熙载为了保护自己，故意装扮成生活腐败、醉生梦死的糊涂人，好让李后主不要怀疑他是有政治野心的人，以求自保。但李煜还是不放心，就派画家顾闳中等人到他家里去，暗地窥探韩熙载的活动，命令他们将所看到的一切如实地画下来，交给他看。韩熙载故意举办了一场奢华的歌舞表演，顾闳中将韩熙载家开宴行乐的全过程都画了下来，于是就有了我国绘画史上著名的《韩熙载夜宴图》。李煜看到《韩熙载夜宴图》后，这才放心，终于放过了韩熙载。

清平乐

别来春半①，触目愁②肠断。砌下落梅如雪乱③，拂了一身还满④。

①别来春半：自从分别后，春天已过去一半了。②愁：另本作『柔』。③砌下落梅如雪乱：台阶下飘落的白梅花好似雪花纷飞。砌，台阶。落梅，指白梅花。④拂了一身还满：指把满身的落梅拂去了又落了满身。

雁来音信无凭⑤，路遥归梦难成⑥。离恨恰如春草，更行更远还生⑦。

⑤雁来音信无凭：鸿雁虽飞来了，却没将书信传来。古代有雁足传书的故事。根据《汉书·苏武传》记载，苏武出使匈奴，被囚困于北海牧羊。汉朝派

使者来救苏武，结果匈奴王却骗汉使说苏武死了，汉使便故意说汉天子曾射下一只大雁，雁的足上系着苏武求归的书信。后来匈奴王放苏武回国了。故见雁就联想到了所思之人的音信。无凭，没有凭证，这里指没有书信。⑥归梦难成：有家难回。⑦『离恨』二句：以无边的春草比喻无尽的离别之情。更行更远，指行程越远。

词人痴痴地站立在树下，落花落满衣襟，片片落花正如词人的思愁般，挥之不去，驱之还来。

词解

这首词是李煜思念远方故人之作。

开篇『别来春半』，词人直抒胸臆，道出了郁结于心的离愁别绪。与故人分别以来，春天已经过去一半了，可是故人还没回来。『别来』的阴影笼罩了词人整个心，所以他所见之物全都带有愁苦之意，『触目愁肠断』，因情观景，触景生情。触目之景是『砌下落梅如雪乱，拂了一身还满』：面容憔悴的词人痴痴地站立在一棵白梅树前，天空纷纷扬扬地飘着如雪的白梅，转眼间，白梅落满了台阶，也落满了衣襟。他用手拂落梅花，但很快白梅又落满了衣襟。这落梅正如离别的惆怅般，挥之不去，驱之还来。一个『乱』字，表明词人心烦意乱。

下阕描写词人对故人杳无音信、企盼不归的痛苦。起句『雁来音信无凭』，古人谓鸿雁可以传书，但如今雁来信不来，雁归人不归，词人失望之极。不过，词人似乎明白了故人为何久久不归，因为『路遥归梦难成』。结句『离恨恰如春草，更行更远还生』，以远接天涯、绵绵不尽、无处不生的春草来比喻无穷尽的离恨。『更行更远还生』描写春草渐行渐远，更远更深，绵绵无尽，生生不竭，好似那绵绵无期的离情一般。

词中比喻精当，以纷纷飘落的落梅、绵绵不尽的芳草，形象地体现挥之不去的离愁和永无尽期的离恨，将词人离愁、愁苦满怀的心情表现得淋漓尽致。

词评

『泪眼问花花不语，乱红飞过秋千去』，与此同妙。

——（清）谭献《谭评词辨》

欧阳公『离愁渐远渐无穷，迢迢不断如春水』，从此脱胎。

——（清）陈廷焯《云韶集》

上半阕写落花。写花中的人，依稀隐约，情境逼真。《楚辞·九歌》的《湘夫人》说：『帝子降兮北渚，目眇眇兮愁予。嫋嫋兮秋风，洞庭波兮木叶下』，正与此有同样的妙处。下半阕写情，与写境相映，也更加生动。秦观词：『恨如芳草，萋萋刬尽还生。』正从后主的末句脱胎。

——唐圭璋《李后主评传》

词人逸事

公元971年，北宋灭掉了南汉。当时南方只剩下南唐和吴越了，李煜担心下一个灭亡的便是自己，于是多次派使臣到北宋去进贡。有一次，他派弟弟李从善去宋朝进贡，结果从善被宋太祖扣留在了汴京。李煜曾多次请求宋太祖让从善回国，但都没有得到许可。李煜非常想念从善，常常痛哭。因此这首词有可能是从善入宋的第二年，即972年春天，李煜为思念他而作。

在东京的李从善还被宋太祖利用玩了一把借刀杀人：李煜手下有一员智勇双全的大将，名叫林仁肇，人称『林虎子』，宋太祖很是忌惮，于是他派人从偷来一幅林仁肇的画像，又故意让李从善看，问道：『这是何人？』李从善说道：『似为江南林仁肇。』宋太祖又说：『仁肇愿归顺我朝，先寄画像为信物。』又指着北面的一座空宅说：『将以此宅赐予林仁肇，以酬其归宋。』李从善中计，迅速将这个消息告诉李煜，李煜也上了当，用鸩酒毒死了林仁肇，真是自毁长城。

两情相悦的人不能相见，那就写封信儿，诉说一下这满腹的惆怅吧。

采桑子①

辘轳金井梧桐晚②，几树惊秋③。昼雨新愁④，百尺虾须⑤在玉钩。

①采桑子一词在《草堂诗馀》、《花间集补》中，词调名作《丑奴儿令》，《类编草堂诗馀》、《花草粹编》、《啸余谱》中又题作『秋怨』。此词又传为五代牛希济或宋代晏几道所作，但是此二人集中均未收录。侯文灿本《南唐二主词》将此词和《虞美人》（风回小院庭芜绿）并列，后注：『以上二词墨迹在王季宫判院家。』由此可以判定，此词为李煜之作。②辘轳金井梧桐晚：辘轳，安在水井之上，用来绞起汲水斗的器具。金井，井栏上有雕饰的井，这里指的是宫廷园林中的水井。梧桐金井常被古人用来表示深秋时节，唐李白有《赠别舍人弟台卿之江南》诗：『去国客行远，还如秋梦长。梧桐落金井，一叶飞银床。』王昌龄《长信宫词》：『金井梧桐秋叶黄。』宋周邦彦有《蝶恋花》词：『月皎金乌栖不定，更漏将残，辘轳牵金井。』③几树惊秋：几，多少，几树即多少的树，

树指梧桐树。惊秋，可以理解为梧桐树对秋天的到来吃惊，也可以理解为秋风惊动了梧桐树，两理解皆可。惊秋，另本作『经秋』。④昼雨新愁：昼雨，另本作『旧雨』。新愁，指悲秋之愁，另本作『和愁』。⑤百尺虾须：百尺为夸张的说法，形容其极长。虾须，帘子的代称，因帘子的表面像虾的触须，故而得名。唐陆畅有《帘》诗：『劳将素手卷虾须，琼室流光更缀珠。』

璚窗春断双蛾歇⑥，回首边头⑦，欲寄鳞游⑧，九曲寒波不溯流⑨。

⑥璚窗春断双蛾歇：璚，即『琼』，指美玉。璚窗，雕饰华美的窗户。春，这里指男女相爱之情。春断，即情断意绝。双蛾，指美人双眉，南朝梁沈约有《昭君辞》：『于兹怀九逝，自此敛双蛾。』蛾眉，女子修长而美丽的眉毛。⑦边头：边远的地方，唐姚合有《送僧游边》诗：『师向边头去，边人业障轻。』⑧鳞游：即水中的游鱼，这里指代书信。古乐府诗《饮马长城窟》：『客从远方来，遗我双鲤鱼。呼儿烹鲤鱼，中有尺素书。』所以，古人就用『双鲤』或者是『鱼信』来指代书信。⑨九曲寒波不泝流：『九』为夸张的说法，形容极为曲折，九曲这里指代黄河，唐刘禹锡有《浪淘沙》诗：『九曲黄河万里沙，浪淘风簸自天涯。』溯，逆流而上。不溯流，即水流不能逆转倒流。

高大的梧桐树记载了夫妻二人曾经美好的日子，可仍挡不住日渐到来的秋天。

词解

此是一首伤秋词，为李煜亡国入宋之前的作品。

上阕为秋季之景物描写：秋风萧瑟的庭院当中，水井旁边，一棵梧桐树耸立，已经是晚秋，想必已是落叶满地。『惊』字为前三句的点睛之词，词人用拟人化的手法描写梧桐树在秋风中的感觉，其实，这也是词人自己的感受：面对瑟瑟的秋风，不禁有些寒意。再往下看，寒意更增：白天下起雨来，又平添几分凄凉之意，所以，词中的主人公心里才会又产生了新愁。接下来，词人的目光抬高，落在了窗户边上，长长的窗帘卷了起来，挂在玉钩之上，原来。这段景物描写是倒叙，这句『百尺虾须在玉钩』其实是开头，主人公听见了窗外飒飒的秋雨声，于是挑起帘子，看见窗外的秋景：辘轳、梧桐、金井，不禁触景生情，产生一丝愁绪。

下阕主要为抒情，『璚窗』表明主人公的高贵身份，『春断』表明主人公愁绪的根源，原来是和自己深爱的人不得相见而产生的痛苦。『双蛾歇』，是对主人公的神态描写，到这时我们方才确定，原来这是一位女子。她此时是紧锁双眉，『回首边头』四字，言简意深，女主人公内心充满的无限怀念、期盼充分显露。再往下看，既然不得见面，那就写封书信倾诉衷肠吧！但是，情绪又急转直下：黄河九曲，河水滔滔，不可逆转！词人打了一个比方，形象地描绘出此时女主人公（也许就是词人本身）的悲伤、哀痛的心理，恐怕她的愁绪也像九曲黄河一样，在心里奔涌不止吧！

这首词以描写景物入手，一个个颇具生活气息的景象先后出现，勾勒出一幅饱含秋意、秋思的风景画，同时画中有人，景中含情，秋风秋雨，梧桐金井，处处饱含女主人公，还有词人自己的无限愁绪，回味绵长。

词评

何关鱼雁山水，而词人一往寄情，煞甚相关。秦、李诸人，多用此诀。

——（明）沈际飞《草堂诗馀正集》

徐士俊云：后主、易安直是词中之妖。恨二李不相遇。

——（明）卓人月《古今词统》

上，秋愁不绝浑如雨；下，情思欲诉寄与鳞。又云：『观其愁情欲寄处，自是一字一泪』。

——（明）李攀龙（《南唐二主词汇笺》引语）

上阕宫树惊秋，卷帘凝望。寓怀远之思。故下阕云：『回首边关。』音书不到，当是忆弟郑王北去而作，与《阮郎归》词同意。

又：此词墨迹在王季宫判院家。《墨庄漫录》称：『后主书法遒劲可爱，可称书词双美。』

又：此调曲谱作《丑奴儿令》。

——俞陛云《唐五代两宋词选释》

词人逸事

从表面上看，这首词是在写『闺怨』，但是，也有人认为，李煜其实是在借题发挥，其中另有寓意，有可能便是和他的另一首词——《阮郎归》（东风吹水日衔山）一样，李煜表面写『闺怨』，实质却是要表达他对北上入宋、迟迟不归的『十二弟』李从善的万分思念之情和盼其早归的心愿。

蝶恋花

遥夜①亭皋②闲信步③。乍过清明，早觉伤春暮④。数点雨声风约住⑤，朦胧淡月云来去⑥。

①遥夜：漫漫长夜。②亭皋：水边的亭子。③信步：漫步。④早觉：另本作『渐觉』。春暮，春晚。⑤数点雨声风约住：指雨声被风声遮住。约，约束。住，遮拦。⑥云来去：指云彩飘浮不定。

桃李依依春黯度⑦，谁在秋千，笑里低低语？一片芳心千万绪，人间没个安排处。

⑦桃李：另本作『桃杏』。依依，形容百花盛开的样子。春黯度，指春光悄然而逝。

词解

关于这首词的作者，向来有很多说法。《唐宋诸贤绝妙词选》、《类编草堂诗馀》、《词的》、《古今词统》等均说是北宋李冠所作，并题作『春暮』。而《欧阳文忠公近代乐府》中却说为欧阳修所作。《尊前集》、《全唐诗》、《南唐二主词》等认为是李煜所作。

此词通过描写词人暮春夜晚漫步时所见的景色，抒发了词人伤春、相思的情怀。上阕首句『遥夜亭皋闲信步』，点明了时间和地点。漫漫长夜，词人毫无睡意，独自到水边一所亭子散步。其中『闲』字非常有深意，看起来是闲适，而其实是心中烦闷，长夜难眠，只好无奈地信步游走，是闲极而烦之意。接着『乍过清明，早觉伤春暮』，按理说清明刚过，正是春光明媚之时，可是词人却已经『伤春暮』。词人来到水边亭子后，看到了怎样令人感伤的景色？『数点雨声风约住，朦胧淡月云来去』，刚刚听到了几点春雨声，却被无情的春风遮住而听不到了。天上的月亮因有浮云的遮挡而变得朦胧不明。此两句写景，淡雅有致而又曲意绵延，从中可见词人心随风雨、情如云月的伤春情怀，令人生悲！

下阕『桃李依依』，描写桃李等百花盛开的娇媚的样子，但正值百花争艳开放时，春光却悄然而逝，仿佛人生中岁月流逝总是无可挽回的。词人遐想联翩之际，听到远处有妇女荡秋千的轻声笑语。他人欢情而唯『我』独伤，怎能不令人感到悲叹！结句『一片芳心千万绪，人间没个安排处』，词人千愁万恨在心头，可是世间却没有人能理解，没有办法可排解，由此可见，其感伤、愁苦与相思的程度之深。

夜色渐浓，词人却毫无睡意，独自一人坐在园中排遣心中的烦恼。

词评

何不寄愁天上，埋忧地下？

——（明）陈继儒《南唐二主词汇笺》

『没个安排处』与『愁来无着处』并绝。

——（明）潘游龙《南唐二主词汇笺》

『数点雨声』二句片时佳景，两语得之。……『愁来无着处』，不约而合。

——（明）沈际飞《草堂诗馀正集》

『红杏枝头春意闹』、『云破月来花弄影』，俱不及『数点雨声风约住，朦胧淡月云来去』。

——（清）沈谦《填词杂说》

上半首工于写景，风收残雨，以『约住』二字状之，殊妙。雨后残云，惟映以淡月，始见其长空来往，写风景宛然。结句言寸心之愁，而宇宙虽宽，竟无容处。其愁宁有际耶？唐人诗『此心方寸地，容得许多愁』，愁之为物，可谓放之则弥六合，卷之则退藏于密，惟能手得写出之。

——俞陛云《南唐二主词辑述评》

词人逸事

李煜向来对当皇帝不感兴趣，所以即使成了万人之上的皇帝，他内心也是苦闷的，尤其此时的南唐正处于风雨飘摇的时期。李煜做梦也想不到有朝一日自己能当上皇帝，他一直表现得温文尔雅、与世无争，整天吟词作赋，不问政事。当时他的哥哥，即太子李弘冀权力欲极强，很多潜在的政治对手都被李弘冀杀了，但李弘冀在害死亲叔叔后不久就去世了。李煜不得不当这个皇帝了。相传李煜有富贵相，是重瞳，即他的一只眼睛有两个瞳孔。据说某些贤能者，他们身上多少都会有一些不同于常人的异相，比如项羽就是重瞳，可能李煜命中注定要当这个皇帝，虽然他不是当皇帝的料！

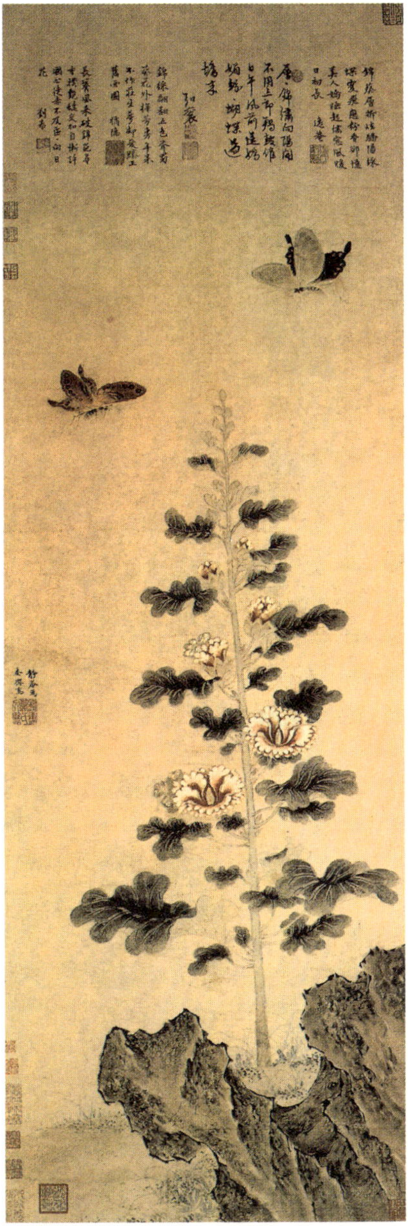

春意渐消，百花殆尽，可无知的粉蝶却仍旧双双飞舞，它们又怎知主人公那份伤春之情呢？

临江仙

樱桃①落尽春归去，蝶翻金粉②双飞。子规啼月③小楼西，画帘珠箔④，惆怅卷金泥⑤。

①樱桃：初夏时候结果实，古代皇帝有以樱桃献宗庙的传统。②翻：翻飞。金粉：原指妇女妆饰用的铅粉，此处指蝴蝶的翅膀。③子规：杜鹃鸟的别名。相传蜀帝杜宇被臣下所逼，失国后隐居山中，其魂魄化成了杜鹃。杜鹃常在夜晚鸣叫，令人生悲，因此古人有『杜

鹃啼血』一说。啼月，指杜鹃鸟在夜里鸣叫。④画帘：有画装饰的精美帘子。珠箔：用珍珠作装饰的帘子。⑤卷金泥：又作『暮烟垂』。卷金泥，卷起饰有金屑的帘子。

门巷寂寥⑥人去后，望残烟草低迷。炉香闲袅⑦凤凰儿⑧，空持罗带⑨，回首恨依依⑩。

⑥寂寥：冷冷清清。⑦闲袅：常常用此来形容细长柔软的柳枝随风摆动，此处形容香烟缓慢上升的样子。⑧凤凰儿：此处指有凤凰图形装饰的或是凤凰造型的香炉。⑨罗带：丝带。⑩恨依依：指愁恨无穷无尽。

词人感伤过去，昔日美人那憔悴的靓影，时时浮现在词人的脑海中。

词解

此词表面描写主人公独处伤怀、春怨无归的怅恨、无奈之情，实则表达了杜稷难保、美梦难续的危亡之痛。

开篇便描写了『樱桃』、『粉蝶』、『杜鹃』，它们都是春夏之交的景物，以此暗示着主人公伤春怀忧的情感。『樱桃落尽春归去』，樱桃落尽，全都随着春天归去，而百花殆尽时，无知的粉蝶却仍双双起舞。此句是反写，描写粉蝶双飞的快乐景象更加衬托出主人公内心的孤苦无奈。『子规啼月小楼西』，杜鹃鸟在小楼西面夜夜泣血鸣啼，夜已深但主人公仍旧难以入眠，显然是因为愁思纷扰、怨恨满心。词中的『樱桃落尽』和『子规啼月』都是用典，古时帝王有以樱桃献宗庙的传统，而此时，樱花散尽难献宗庙；『子规啼月』暗喻杜宇失国，此时的词人有亡国的预感，便联想到了失国的望帝。那悠悠愁思一直缠绕在心头，他不忍再去看窗外的伤人之景，可是转眼看眼前奢华的『画帘珠箔』，更使人『惆怅』，这令人羡的帝王生活会像那易逝的春天一样，很快会结束，这怎能不令人惆怅、难受？

下阕承上阕惆怅之情，起首便是『寂寥』，一腔心事虽没有直言而出，但孤苦伶仃之意已跃然纸上。『门巷寂寥人去后，望残烟草低迷』，入夜后小巷里一片冷清，人们都已经纷纷散去。其实寂寥的不是深巷，而是那眼望深巷的惆怅之人。接着写室内之景，可是室内的景色比深巷还要『寂寥』，『闲袅』衬『空持』，一个孤苦无依、忧思无解的形象已呼之欲出。室内的炉香悠闲缭绕着带有凤凰图形装饰的香炉，但见主人公愁容满面地『空持』罗带，此处隐约出现了小周后的形象。江山如此危殆，美人如此憔悴，怎能不令人『回首恨依依』。一个『恨』字点明了词意，全词意境都由『恨』生，并由『恨』止，深切感人。

词评

凄凉景况曲曲绘出，依依不舍，煞是可怜。读者为之伤心。

——（清）陈廷焯《云韶集》

宣和御府藏后主行书二十有四纸，中有《临江仙》词，按昇州被围一年之久，词中所云门巷人稀，凄迷烟草，想见吏民星散之状，宜其低回罗带，惨不成书也。

——俞陛云《唐五代两宋词选释》

真可谓亡国之音，又极含蓄蕴藉之致。

——梁启勋《词学》

词人逸事

这首词是李煜于公元975年宋兵围困金陵时所写。国势危亡，他无力抵御，只能终日忧思，触目伤情。据史料记载，赵匡胤对李煜采取的是诱降的策略。赵匡胤命人在汴京城里修建了一座宫室，并特意设计成江南园林式的风格，据说华丽程度不亚于南唐皇宫。赵匡胤将其称为『礼贤宅』。他曾多次暗示李煜前来『礼贤宅』，结果李煜却不肯来。公元974年，赵匡胤以终于忍受不住，李煜拒绝来朝为借口，联合吴越发兵攻打南唐。

乌夜啼

秋雨让人心境悲凉，阵阵寒意更使人不经意间回想起往昔的不快，思绪也随之追忆当年。

昨夜风兼雨，帘帏①飒飒②秋声。烛残漏滴③频欹枕④，起坐不能平。

世事漫随流水⑤，算来一梦浮生⑥。醉乡路稳宜频到⑦，此外不堪行。

①帘帏：帘，常用竹、苇等织成的遮挡门窗的东西。帏，常用布、纱做成的幔帐。这里作一词用，即帘帐。②飒飒：象声词，此处形容风吹帘帏发出的声音。③漏滴：古时一种计时器。用铜制成壶，上下分好几层，上层底有小孔，可以滴水，层层下注，以底层蓄水多少计算时间。④欹枕：头斜靠在枕头上，表示无法安眠。欹，倾倒。

⑤世事漫随流水：人世间的很多事情，好似流水一样白白地流逝了。漫，枉然。⑥浮生：表示指人生短暂，世事虚浮无定。浮：短暂、空虚。⑦醉乡：酒醉中的境界。

词解

这首词描写的是后主李煜国亡被俘后的囚居心境。词的上阕，主要描写词人的孤苦无奈心情和凄苦境遇。开篇『昨夜风兼雨』，从夜晚写起，表明词人夜深难寐。『风兼雨』与『飒飒秋声』相对应，是渲染气氛。窗外秋风秋雨，满耳飒飒秋声，在这种凄苦的景色中，词人的心境是可想而知的。另外，『昨夜』一语还有种不堪回首的感触在其中。接下来『烛残漏滴频欹枕，起坐不能平。』如今唯有孤灯残漏伴随自己，这时彷徨、愁苦的心情层层围了过来，害得词人无法安枕。想自己曾身为国主，过着繁花似锦的富贵生活，而现在国破家亡成了阶下囚，被牢困在凄寒的囚室里，怎能不令人悲叹！上阕虽然以描写客观景物为主，但词人的愁思如潮、抑郁满怀的心情却已隐然可见。

下阕以抒情为主，词人抒发了人生感慨：『世事漫随流水，算来一梦浮生。』昨日为一国之君，今日则成了阶下之囚；昨日欢歌笑语，今日『烛残漏滴』，词人曾拥有的一切荣华都被剥夺了，这些苦痛的遭遇，不能不使他有人生如梦的消极感慨。一个『算来』用得妙，既说明词人是回顾了自己的过去得出的结论，但同时也传达出词人的那种非常愁苦、无奈的心情。既然人生世事犹如流水不返，好似梦境虚无，何必还去追忆呢？不如『醉乡路稳宜频到』，因为酒醉之时可以使人暂时忘却所有烦恼。『稳』字道出了词人此刻的愿望，其处境的危险困苦不言而喻。后主李煜对未来早已经失去了信心，而在现实中又找不到解脱的出路，只好用酒麻醉自己的神经，求得短暂的忘却和解脱。

此词真实展现了李煜悲苦的囚牢生活，情感真实、深沉而又挚切，虽然思想情调不高，但艺术价值不低。

词评

此调亦唐教坊曲名也。人当清夜自省，宜嗔痴渐泯，作者辗转起坐不平。虽知浮生若梦，而无彻底觉悟。惟有借陶然一醉，聊以忘忧。此问若出于清谈之名流，善怀之秋士，便是妙词。乃以国主任兆民之重，而自甘颓弃，何耶？但论其词句，固能写牢愁之极致也。

——俞陛云《唐五代两宋词选释》

亦写足人生之烦闷。夜来风雨无端，秋声飒飒，已令人愁绝；何

昔日的宏伟宫殿不再，变作茅草田舍，唯有孤灯残漏相伴，朝夕相对怎能不令人感叹人生呢！

况烛残漏滴，伤感更甚。『起坐不能平』一句，写出辗转无眠之苦来。下阕回忆旧事，不堪回首。人世茫茫，人生若梦，无乐可寻，无路可行。除非一醉黄昏，或可消忧。不然无时无地不苦闷。此种厌世思想，与佛家相合。

——唐圭璋《屈原与李后主》

此首由景入情，写出人生之烦闷。夜来风雨无端，秋声飒飒，此境已令人愁绝，加之烛又残，漏又断，伤感愈甚矣。『起坐不能平』句，写尽抑郁塞胸，辗转无眠之苦。换头，承上抒情，言旧事如梦，不堪回首。末两句，写人世茫茫，众生苦恼，尤为沉痛。后主词气象开朗，堂庑广大，悲天悯人之怀，随处

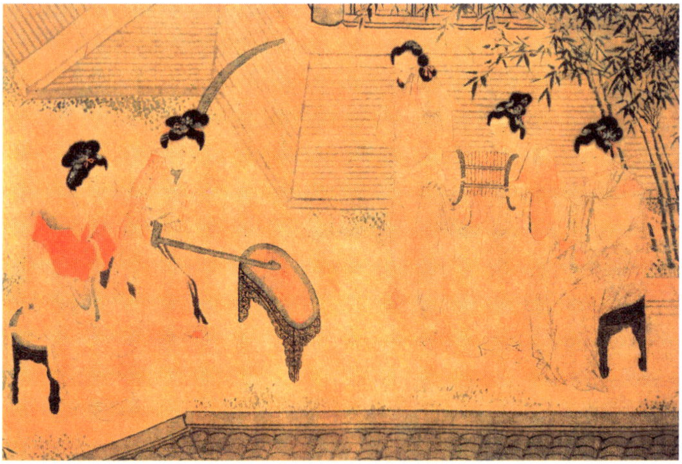

昔日歌舞升平的日子已经一去不复返了，今朝只有残烛落日，也只能由酒来换得一时的畅快了。

流露。王静安谓：『道君（指宋徽宗）不过自道身世之戚，后主则俨有释迦、基督担荷人类罪恶之意。』其言良然。

——唐圭璋《唐宋词简释》

词人逸事

后主李煜投降北宋之后，被囚困在汴京。对于他来说，酒已不是一般的消遣品了，而是必需的止痛药。据记载，他每天都喝很多酒，而且是『务长夜之饮』（《翰府名谈》），就是通宵达旦地喝。赵匡胤担心李煜会醉死，因此曾下令停止向李煜府中供应酒，但后来又恢复了供应。

蕉叶扶疏似树，质则非木，片片高舒垂荫。

虞美人

风回小院庭芜①绿，柳眼②春相续③。凭栏半日独无言，依旧竹声新月④似当年。

①庭芜：庭院里的草。芜，野草。在古典诗词当中，芜经常和『柳』一起出现。五代冯延巳有《蝶恋花》词：『河畔青芜堤上柳，为问新愁，何事年年有？』②柳眼：柳树的新芽刚刚出来之时，好似人睡眼初睁，所以叫做柳眼。唐李商隐有《二月二日》诗：『花须柳眼多无赖，紫蝶黄蜂俱有情。』③春相续：先是庭草返绿，后是柳树吐芽，此为『春光相续』。④竹声、新月：两者皆用来表现词人的伤感之情，此刻只有竹子被吹动的声音和新月是与当年相似的。

笙歌未散尊罍在⑤，

池面冰初解。烛明香暗⑥画堂⑦深，满鬓清霜残雪⑧思难任⑨。

⑤尊罍在：尊是指酒杯，罍是一种酒器，形状好似酒壶，深腹、广肩、小口，有盖，上部有一对环耳，下部有一鼻，可系。尊罍在意即酒宴还没有结束，还在继续。另本作『尊在前』，尊前指酒宴，亦通。⑥烛明香暗：指夜深之时。烛，蜡烛，香，熏香。⑦画堂：装饰华丽、精美的房间。画堂，另本作『画楼』、『画阑』。⑧清霜残雪：比喻的说法，形容两鬓苍苍，好似霜雪一般。⑨思难任：忧思之重，令人难以承受。思，忧思。任，承受。思难任，另本作『思难禁』。

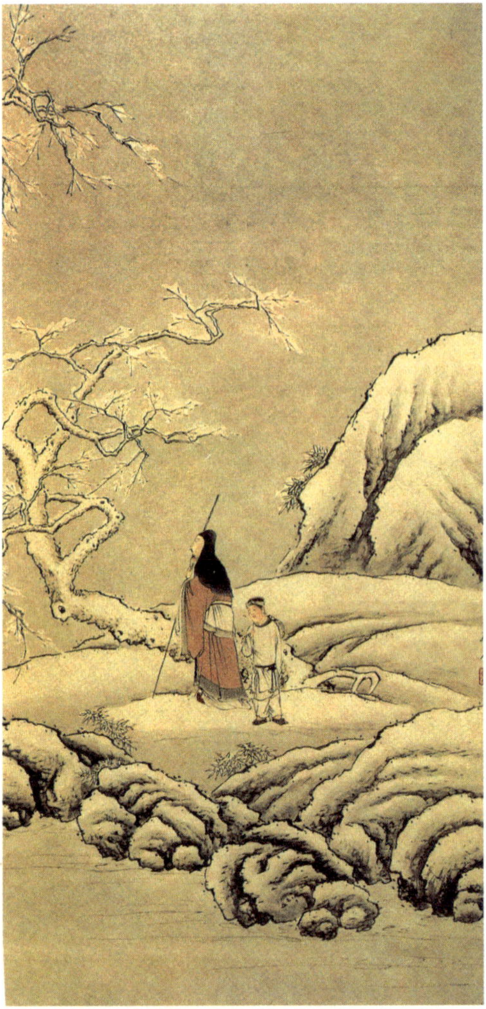

昔日的繁花似锦与今天的孤独凄凉形成的对比是多么的鲜明啊，词人不禁感慨良多。

词解

这首词是李煜亡国入宋后的作品，依旧抒发他对眼前囚徒生活的绝望、对昔日快乐生活的追忆之情。

此词上阕描绘初春景色。春风也光顾了他的小院（就是他被囚禁的地方），地面的草绿了，紧接着柳树上也发出了新芽。小院虽小，但是也涌动着融融春意，生机勃勃。但是，这座小院的『主人』却感受不到这种积极向上的感觉，他独自一人，凭栏半日，默默无言。『独』字，点出他的孤寂的处境，从黑天到白天，从冬天到夏天，都是他一个人，不『无言』也不行啊！也不能责怪词人悲观，他是一个亡国之君，他是一个阶下之囚，他只有『不堪回首』过去，他没有未来！下句，词人面对眼前春景，又想起了当年：这动听乐声，这一弯新月还是像当年的景象啊！

下阕，词人描绘记忆中的昔日情景：池塘中的冰刚刚融化的时候，宫中已经大排筵宴，庆祝春天的到来了，因为『寻春须是先春早』（李煜词《子夜歌》）嘛！再往下，酒酣人醉、夜半更深，在灯火通明的画堂深处，什么情景？词人没有明说，也许在他的心中，这便是他最为怀念的时刻吧！但是，词人的笔一下又把读者的心绪拉回到了冰冷的现实面前：现在的词人已是两鬓染霜的囚徒，一个惨遭巨变的囚徒，往日的那些春光乐事他已无法承担！清霜残雪比喻头上的白发，贴切、传神，感情色彩亦和全词基调契合。

这首词描绘生动，从初春景象入手，随后借景抒情，感情真挚。借春景怀旧，又迅即『切』回现实，今昔强烈对比，词人悲苦、绝望的心境不言自明。

词评

此在汴京忆旧乎？华疏采会，哀音断绝。

——（明）沈际飞《草堂诗馀续集》

清谭献云：『二词（指此阕及『春花秋月』一阕）终当以神品目之。』

又云：『后主之词，足当太白诗篇，高奇无匹。』

——徐珂《历代词选集评》引

五代词句多高浑，而次句『柳眼春相续』及上首《采桑子》之『九

曲寒波不溯流』，琢句工炼，略似南宋慢体。此词上、下段结句，情文悱恻，凄韵欲流。如方干诗之佳句，乘风欲去也。

——俞陛云《唐五代两宋词选释》

后主之作，多不耐描写外物。此却以景为主，写景中情，故取说之。虽曰写景，仍不肯多用气力，其归结终在于情怀。环诵数过，殆可明了，实写景物，全篇只首二句。李义山诗：『花须柳眼各无赖。』『柳眼』佳，『春相续』更佳。似春光在眼，无尽连绵。于是凭阑凝睇，惘惘低头，片念俄生，即所谓『竹声新月似当年』也。以下立即堕入忆想之中，玩『柳眼春相续』一语，似当前春景艳浓浓矣，而忆念所及，偏在春光，姿态从平凡自然之间逗露出狡狯变幻来，截搭却令人不觉。其脉络在『竹声新月』上，盖『竹声新月』，固无间于春光之浅深者也。拈出一不变之景，轻轻搭过，有藕断丝牵之妙。眼前春物昌昌，只风回小院而已，春芜绿柳而已，其他不得着片语，若当年，虽坚冰始泮，春意未融，然已尊罍也，笙歌也，香烛也，画堂也，何其浓至耶？春浅如此，何待春深，春深其可忆耶。虚实之景，眼下心前，互相映照，情在其中矣。结句萧飒憔悴之极，毫无姿态，如银瓶落井，直下不回。古人填词，结语每拙。况蕙风标举『重、拙、大』三字，鄙意惟『拙』难耳。

——俞平伯《读词偶得》

『当年』引下阕回忆境界，早春光景。实景与所忆不必同，借『竹声新月』逗入，是变幻处。

——俞平伯《唐宋词选释》

此首忆旧词，起点春景，次入人事。风回柳绿，又是一年景色。自后主视之，能毋增慨。凭阑脉脉之中，寄恨深矣。『依旧』一句，猛忆当年今日，景物依稀，而人事则不堪回首。下阕承上，申述当年笙歌饮宴之乐。『满鬓』句，勒转今情，振起全篇。自摹白发穷愁之态，尤令人悲痛。

——唐圭璋《唐宋词选释》

词人逸事

李煜在东京的囚徒生活是非常寂寞的。据宋人王铚所著的《墨记》记载，在李煜住的地方，只有一个老兵守着门，任何人，没有皇帝的旨意，就不能进到里面去见李煜，由此可见，李煜的生活就和坐牢无异，只是这个牢房的条件稍微好一些罢了，还是没有人身自由。

雕龙饰凤的亭台楼阁，繁花似锦的嘉树美卉。云雾缭绕，祥鹤飞舞，宛然仙境一般。

破阵子

四十年来家国①，三千里地山河②。凤阁龙楼③连霄汉，玉树璚枝④作烟萝⑤，几曾识干戈⑥？

①四十年来家国：四十年指南唐存在的时间。公元937年，南唐立国，开国皇帝为李昪。公元975年，南唐为北宋所灭，李煜当了亡国之君。所以南唐共存在38年，四十年为约数。②三千里地山河：这是指南唐广大的国土。南唐极盛的时候共辖35州，方圆三千里地。这里的三千里地也是约数。③凤阁龙楼：雕龙饰凤的楼阁，指帝王们居住的宫殿楼阁。凤阁，另本作『凤阙』。④玉树璚枝：这里指美丽的树木、花卉。璚，即琼，指美玉。玉树璚枝，另本作『璚枝玉树』。⑤烟萝：雾气笼罩着茂密的草木。烟，雾气。萝，一种分枝茂密的隐花植物。⑥几曾识干

雕龙饰凤的亭台楼阁，宛如仙境的嘉树美卉，好一片壮美的大好河山、锦绣家园。

戈：不曾经历过战争。几曾，何曾，表反问语气。干戈，干是盾牌，戈是一种横刃兵器，干戈就是指战争，宋王安石有《何处难忘酒》诗：『赋敛中原困，干戈四海愁。』

一旦归为臣虏⑦，沈腰⑧潘鬓⑨消磨。最是仓皇辞庙⑩日，教坊犹奏别离歌，垂泪对宫娥。

⑦归为臣虏：即被俘称臣，当了俘虏。公元975年11月27日夜，宋军攻破南唐首都金陵（今天的江苏南京），三十九岁的李煜『肉袒』投降，当了俘虏。⑧沈腰：指身体消瘦。《梁书·沈约传》记载：沈约与徐勉素善，遂以书陈情于勉，言己老病，『百日数旬，革带常应移孔，以手握臂，率计月小半分。以此推算，岂能支久？』所以，后人就用『沈腰』代指人体消瘦。⑨潘鬓：指两鬓斑白。潘指的是西晋时诗人潘岳。潘岳曾在《秋兴赋》中云：『斑鬓发以承弁兮。』后人就用『潘鬓』代指鬓发斑白。⑩辞庙：庙，宗庙，供奉着祖先神位的地方。辞庙，也就是离开了祖先创建的基业。据史料记载，李煜投降后，第二年正月初四，被押送到宋的都城汴梁（今河南开封）。

词解

这首词是李煜后期的作品，写于他在汴京当俘虏之时，追忆往昔的一个场景：离开故国金陵，被押往汴京。

上阕概括往昔，气势浑厚，语言悲壮，不过在李煜以前的词中见不到这种气势，为什么？失去了才知道珍惜。往日的李煜生在帝王之家，享尽了荣华富贵，他不懂得祖先创业的艰难、大好河山的壮美，每日只会纵情享乐。到此时，『三千里地山河』拱手送给了敌人，『四十年』基业就此画上了句号，他才知道了这一切的珍贵，也才会有这样悲壮的感触。下两句描写具体化，词人的目光集中在了即将告别的皇家庭院：雕龙饰凤的亭台楼阁，宛如仙境的嘉树美卉，这一切，都要说再见了！接下来，词人不禁发出一声感叹：它们什么时候见识过战争啊？！其实，与其说『凤阁龙楼』、『玉树琼枝』没有见识过战争，还不如说就是词人他自己，他的这句感叹听来实在天真可笑：『在其位则谋其政』，但是身居皇帝位的李煜却不关心国家大事，依旧只知道寻欢作乐，到头来却抱怨『几曾识干戈』！不过，他这种坦诚的态度，倒会让读者觉着他又可气、又可怜。

下阕描绘的是离别之日的具体情景，『一旦』点出当日急迫的窘境：这是自然，已经当了阶下囚，自然要听任人家摆布！据说，李煜写这首词之时，才当了不到一年的俘虏（他总共是当了两年零八个月左右的俘虏）。但就在这么短的时间内，他的容颜却发生如此大的变化：他的双鬓也白了，腰围也减了，读来令人心酸。最后三句，李煜又追忆了令他最为痛苦的一个场景：离开金陵那天，他仓皇地去祖庙辞别，这时教坊还在演奏着离曲，他心里此时怕也是悔恨交加，所以才会『垂泪对宫娥』吧！

这首词语言浅显，好似白话，但是情真意切，词人凄惨、悲痛的心情充分展现，虽然没有直言悔恨，但是言外之意十分明白。

词评

『四十馀年家国。』后主既为樊若水所卖，举国于人。故当恸哭于九庙之外，谢其民而后行。顾乃挥泪宫娥，听教坊离曲哉。

——（宋）苏轼《书李主词》

案此词或是追赋。倘煜是时犹作词，则全无心肝矣，至若挥泪听歌，特词人偶然语。且据煜词，则挥泪本为哭庙，而离歌乃伶人见煜辞庙而自奏耳。

——（清）毛先舒《南唐拾遗记》

此首后主北上后追赋之词。上阕，极写江南之豪华，气魄沉雄，实开宋人豪放一派。换头，骤转被虏后之凄凉，与被虏后之憔悴。今昔对照，警动异常。『最是』三句，忽忆当年临别时最惨痛之事。当年江南陷落之际，后主哭庙，宫娥哭主，哀乐声、悲歌声、哭声合成一片，直干云霄。宁复知人间何世耶。后主于此事，印象最深。故归汴以后，一念及之，辄为肠断，论者谓此词凄怆，与项羽拔山之歌，同出一揆。后主聪明仁恕，不独笃于父子、昆弟、夫妇之情，即臣民宫娥，亦无不一体爱护。故江南人闻后主死，皆巷哭失声，设斋祭奠。而宫娥之人披庭者，又手写佛经，为后主资冥福，亦可见后主感人之深矣。

——唐圭璋《唐宋词简释》

词人逸事

南唐末年，北方的宋朝日益强大，赵匡胤采取各个击破的战术，先后消灭了南汉、后蜀等割据政权，下一个目标就是李煜的南唐。本来早在李煜的父亲李璟当皇帝的时候，南唐就已经去了帝号，皇帝不叫皇帝，自称江南国主，也用着宋的年号，但是还抱着偏安一隅、保留自己的小朝廷的美梦。所以，面对气势汹汹的赵匡胤，李煜也曾经打起精神，想强硬一回。

他给部下做战前动员的时候，曾经说过这样的豪言壮语：『如果北方的军队打到我们南唐来，我一定亲自挂帅跟他们大干一场。就是打不赢，我也会把自己的亲戚和族人叫到一块儿自焚，总之是决不会当俘虏，死在异国他乡的。』不过赵匡胤知道这番话以后却哈哈大笑，他说：『这不过是穷酸秀才的话罢了，空有一张嘴巴的人，肯定不会有这样的志气。他如果真能这样的话，那孙皓和陈叔宝也不会投降当俘虏了。』果然，宋军兵临金陵城下之时，李煜选择了肉袒出降，随后就到北方当俘虏去了。

江南正逢春，在微风吹拂的江面上泛舟，好一番惬意自然。

望江梅①

闲梦远，南国②正芳春③。船上管弦④江面渌⑤，满城飞絮⑥辊⑦轻尘⑧，忙煞⑨看花人。

①望江梅，词牌名，有很多别名，诸如《望江南》、《忆江南》、《春去也》、《望江楼》、《梦江南》等等。『望江梅』一名，因皇甫松『闲梦江南梅熟日』句而得名。②南国：我国长江以南地区的泛指，这里代指南唐国土。③芳春：美好的春天。春天百花盛开，故名『芳』。唐陈子昂有《送东莱王学士无竞》诗：『孤松宜晚岁，众木爱芳春。』④管弦：管乐器和弦乐器，也是乐器的泛称，这里指江上乐器齐鸣的景象。唐王建有《调笑令》词：『玉容憔悴三年，谁复商量管弦。』⑤渌：另本作『绿』，同义，江水清澈见底的样子。⑥飞絮：飞扬的柳絮。⑦辊：同『滚』，快速地滚动，另本作『混』。⑧轻尘：指车马走过以后，路上荡起的飞尘。唐王维有《送元二使安西》：『渭城朝雨浥轻尘，客舍青青柳色新。』⑨忙煞：又作『忙杀』，犹言『忙死』。还有本作『愁杀』。

词解

这首与下一首《望江梅》是一时写成，为联章体，此首写江南之春，下首写江南之秋，都是李煜在宋朝都城汴梁城当囚徒时所写。身为俘虏的他此时唯一能做的就是借怀念昔日的美好时光来排解眼前的烦恼，这两首词便是怀旧之作。

先看怀念江南之春这一首。上来一个『闲』字，点明词人的处境，此『闲』乃『闲得无聊、无奈』之『闲』，而不是『悠闲自在』之『闲』。下来一个『梦』字统领全篇，词人身陷囹圄，怀念故国也只有『梦』这种方式。『远』则是实写，一是词人所在东京和故国江南远隔万水千山，二是心灵距离上的遥远，『往事不堪回首』。接下来切入正题，词人描绘了一幅春光浪漫之时的江南胜景：一个『芳』字便概括出此时江南大地处处繁花似锦的景象，一艘艘游船画舫点缀江面，碧绿清澈的江水之上回荡着阵阵悦耳的丝竹之声；城中也是好景致，不过词人用笔独特，他写的是漫天飞着柳絮杨花，地面上飘浮着行人荡起的灰尘，读者自然可以从漫天柳絮中推出此时城中是『碧玉妆成一树高，万条垂下绿丝绦』，而各处繁华街市，只有车水马龙、游人如织、行人络绎不绝，才会形成『辊轻尘』的场景。最后一句，『忙煞看花人』，点出融融春景中的观景人。至此，一幅花似海、人如潮的南国春景完整地呈现在读者面前。其实，南国的百姓未必都和他一样，有如此的兴致游山逛景。不过李煜是一个淳朴、天真的人，在他的心中，昔日南国春天就是如此热热闹闹，百姓们都是兴致勃勃，只有这样，他才能从追忆中得到一丝宽慰，不过，昔日的场景越美好，就衬托得他今天的处境越发尴尬和孤寂。

词评

寥寥数语，括多少景物在内。

——（清）陈廷焯《词则·别调集》

又有《望江梅》两首，一首写江南春时的境界，一首写江南秋时的境界。写江南的芳春，水绿花繁，正与白居易《忆江南》词『日出江花红似火，春来江水绿如蓝』相同。写江南的清秋，则是一幅山水平远的图画。

——唐圭璋《李后主评传》

此首写江南春景。『船上』句，写江南春水之美，及船上管弦之盛。『满城』句，写城中花絮之繁，九陌红尘与漫天之飞絮相混，想见宝马香车之喧，与都城人士之狂欢情景。末句，揭出倾城看花，亦可见江南盛时上下酣嬉之状。

——唐圭璋《唐宋词简释》

词人逸事

什么是联章词？在一个词牌下，将两首或者更多首词组合起来，成为一个套曲，用来歌咏某个题材，这就是联章词。联章词通常以叙事写景来抒发情感。唐白居易的《忆江南》三首联章词就很出名，描绘了江南明艳优美的风光。李煜的这两首《望江梅》其实和《忆江南》是一个词牌，也是联章词中的佳作。

江南大地一派繁花似锦的景象，一艘艘游船画舫点缀江面，碧绿清澈的江水之上回荡着阵阵欢声笑语。

『采采亚汀洲，为花岂自由。群摇令夕雨，不异去年秋。藏鹭恋青叶，凌波颤白头。吟看惊隙影，荣落宜淹留。』

望江梅

闲梦远，南国正清秋①。千里江山寒色②远，芦花③深处泊孤舟。笛在月明楼④。

①清秋：就是秋天，秋高气爽，遂以『清』字形容。唐杜甫有《宿府》诗：『清秋幕府井梧寒，独宿江城蜡炬残。』②寒色：寒冷时候自然景物的颜色，唐宋之问有《题张老松树》诗：『日落西山阴，众草起寒色。』另本做『暮色』。③芦花：芦苇花轴上丛生的白毛，风一吹就会四处飘散。隋江总有《赠贺左丞萧舍人》诗：『芦花霜外白，枫叶水前丹。』④月明楼：明月照耀下的楼台。唐张若虚有《春江花月夜》诗：『谁家今夜扁舟子，何处相思明月楼。』

词解

此首词写作者梦忆江南之秋。首句三字和上一首完全一样，第二句则点出时间以及地点：秋高气爽，南国大地。接下来，『千里』二字，概写江南景色，千里江南大地一片寒色。一个寒字，奠定了全词的感情基调，它即是此时景色特点的高度浓缩，同时也是词人悲凉心情的真实写照。秋天一向是『伤心的季节』，『自古逢秋悲寂寥』，作者也没有例外。另外，需要指出的是，『千里江山寒色远』的『远』字和首句『闲梦远』的『远』重韵，本词也非长篇，却犯了这样的错误，也许是词人随情信笔，无暇顾及了吧！

再往下看，远望芦花荡深处，在水边停泊着一只小船，孤单单、冷清清，萧条意味更加浓厚。李煜其实也似一叶孤舟，搁浅在了人生的浅滩上。下一句，词人又描绘了一幅静谧而又悲寥的场景：清冷的银色月光下，一座小楼孤零零地耸立在那里，从楼上传出了悠扬的笛声，传向四方。清远的笛声一向都是和抒怀、思旧联系在一起，魏晋的向秀《思旧赋》当中有『听鸣笛之慷慨兮，妙声绝而复寻』之句；唐杜甫《吹笛》

一片孤舟，荡漾湖上，笛声低沉而深邃，诉说着主人公内心孤单寂寞的情感。

诗中有『吹笛秋山风月清，谁家巧作断肠声』诗句。在这里，笛声是整幅静谧画面上唯一动态事物，在它的点缀下，这幅画面中孤寂、悲凉的气氛更加浓厚了，所以，认为笛声是画龙点睛之笔也不为过。

这首小词，以梦为切入点，忆往日秋景，凄凉萧条，可见词人心中也是无比孤寂、悲苦。全词无精心雕饰之痕，但是营造气氛非常到位，寥寥数字，一幅深秋夜景便浮现在眼前，读来甚至还会感到丝丝寒意，李煜才力可见一斑。

词评

此首写江南秋景。如一幅绝妙图画，『千里』句，写秋来江山之寥廓，与四野之萧条。『芦花』句，写远岸芦花之盛，与孤舟

相映，情景兼到。末句，写月下笛声，尤觉秋思洋溢，凄动于中。孤舟，见行客之悲秋；笛声，见居人之悲秋。张若虚诗云：『谁家今夜扁舟子，何处相思明月楼』亦兼写行客与居人两面。后主词，正与之同妙。

——唐圭璋《唐宋词简释》

词人逸事

李煜的词中，描写景物之时，经常使用立足于远距离取景的手法，这首《望江梅》便是一个例子：千里江山是远景，满眼的芦花、水边的孤舟乃是近景，月下独楼是画面的主体，词人则是在超远的地方看着这一切，描绘出一副清疏淡雅的山水画。据说，李煜的这一手法，受花间派词人皇甫松的影响不小。

望江南

多少恨，昨夜梦魂中①。还似②旧时游上苑③，车如流水马如龙④，花月正春风⑤。

①梦魂：古时候人们常常认为人的灵魂在睡梦中会脱离肉体，因此称为『梦魂』。②还似：另本作『还是』。③上苑：『上林苑』的简称，古代帝王玩赏、打猎的场所。此处指南唐的御花园。④车如流水马如龙：形容车马络绎不绝，非常热闹。⑤花月正春风：形容鲜花绽放，春夜月光明朗，描绘春光的明媚。花月，花与月，指美好的景色。

词解

这首词是李煜降宋后的作品，通过对梦境中游上苑情景的描写，抒发了词人故国之思和亡国之痛。

『多少恨，昨夜梦魂中』总领全词，心中万般愤恨都来自昨夜一梦。『梦魂』一词用得妙，表明词人被囚困在汴京的无奈，他只能让自己的魂灵回故国，是愁恨无奈中的一种寄托，其情苦切，也略见一斑。而日有所思，才会夜有所梦，短短八个字将其日夜所思、悲愤难解的心情很好地描述了出来。什么梦境使他如此悲愤呢？『还似旧时游上苑，车如流水马如龙，花月正春风。』在梦里，词人借魂回到了故国，又看到了昔日游御花园的欢乐情景。在梦中，词人又成了一国之君，一切皆是帝王家的气派。乘载王公大臣、嫔妾宫女的车就像流水一样，骏马连在一起就像一条长龙，热闹非凡。又值春光明媚、春花烂漫、花好月圆之时，又是何等的惬意！『车如流水马如龙』，此语源于袁宏《后汉记》的『车如流水，马如游龙』，原是马皇后诏书中的一句话，斥责她娘家的人，每逢年节都要前来朝拜，兴师动众，大讲排场。这个典

奏乐的女伎们弹奏出悠扬的乐曲，舞伎们婀娜多姿的舞姿，这一切美好的事情都已成往昔了。

故用在这里似乎别有寓意。身为阶下囚的李煜也许悔于当年自己的奢侈、闲逸的生活。美梦终有醒来时，眼前残酷的现实与美好的梦境相对比，词人不免要发出悲痛的感叹！

词人以反写正，以欢情写凄苦，这种以乐写悲的对比手法，不仅表现了词人重温旧时帝王之梦的悲恨，同时给读者以强烈的艺术感染。这种悲愤的情感被词人概括为一个『恨』字，表现了词人抱恨终生的强烈情感。

词评

后主词一片忧思，当领会于声调之外，君人而为此词，欲不亡国也得乎？

——（清）陈廷焯《别调集》

『车水马龙』句为时传诵，当年之繁盛，今日之孤凄，欣戚之怀，相形而益见。

——俞陛云《南唐二主词辑述评》

此首忆旧词，一片神行，如骏马驰坂，无处可停。所谓『恨』，恨在昨夜一梦也。昨夜所梦者何？『还似』二字领起，直贯以下十七字，实写梦中旧时游乐盛况。正面不著一笔，但以旧乐反衬，则今之愁极恨深，自不待言，此类小词，纯任性灵，无迹可寻，后人亦不能规摹其万一。

——唐圭璋《唐宋词简释》

词人逸事

李煜这个南唐的亡国之君，在故国江南老百姓的心中，还是有一定的地位的。据《南唐拾遗记》记载，李煜被赵光义害死以后，南唐的『父老多有巷哭者』。由此可见，和其他的亡国之君相比，李煜更像一位讲仁义、念旧情，但是却时运不济、生不逢时的士大夫。李煜也因此成为历史上少有的如此性格的一代君主。

箫声悠扬动听，但却好似诉说着主人公难以道明的心境，徒添些许的悲凉与哀愁。

望江南

多少泪，断脸复横颐①。心事莫将和②泪说，凤笙③休④向泪时⑤吹，肠断⑥更⑦无疑。

①断脸复横颐：形容眼泪纵横的状态。断脸，擦断流在脸上的泪水。颐，面颊。②和：另本作『如』。③凤笙：相传秦穆公时，萧史擅长吹箫，后来穆公将女儿弄玉嫁给了他。弄玉也跟着萧史学吹箫，其声悠扬动听，竟然引来了凤，夫妇两人驾凤飞去。后人便以『凤笙』形容笙箫，唐韩愈有《淮氏子》诗：『或云欲学吹凤笙，所慕灵妃媲萧史。』④休：不要。⑤泪时：用来指代难过落泪的时候。⑥肠断：即断肠，这里用来形容极度地悲伤。唐白居易有《长恨歌》诗：『行宫见月伤心色，夜雨闻铃肠断声。』⑦更：更加，愈加。

词解

此词与《望江南》（多少恨）都是李煜亡国入宋后的作品。此词与『多少恨』都抒发了词人亡国之痛，只是取笔不同。《望江南》（多少恨）是以乐来反衬悲，而此词则不同，采取直抒胸臆、坦吐愁恨的艺术手法。开篇『多少泪』，不是疑问，而是词人发自肺腑的哀叹！词人的愁情如巨浪劈空而来，无法收敛，只能『断脸复横颐』，任凭眼泪在脸颊默默地滑落。『复』字更加突出泪水连绵不绝的样子。可此时又有谁能理解、安慰词人呢？没有人能明白词人的『心事』，因为其『心事』不能说。词人满腔愁恨不能说，故国情怀无法说，囚居之苦、哀世之恸跃然纸上。不但『心事』不可说，连昔日能够寄托愁情的凤笙也不能吹起，这种痛苦和不自由是多么的残酷。『凤笙』这里象征着词人念念不忘的豪华奢侈的帝王生活，如果此时吹笙箫，会使他更加怀念故国，怀念曾经奢华的帝王生活，他会更加痛苦，故一句『休向』，给词人愁苦的心又增添了几分不堪回首的痛苦。结句『肠断更无疑』，道出了词人心中最痛楚的感受，有如决堤之水，一泻千里。『肠断』一词已令人不堪忍受，

曾经奢华的帝王生活，如今已不能重现了，只能在梦中追忆一下昔日山河和宫女嫔妃了。

再加上一个『更』字，越显得不胜其情。词人心中不住地劝慰自己，心事不必再说，凤笙不必再吹，心中无穷难言之隐，只能含泪往肚里吞，但这样做定是要断肠无疑啊！

这首词直接写词人深沉的痛苦，描摹细致，情真意切，如果与《望江南》（多少恨）一起吟诵，对词人的忧思愁恨则体会更深。

词评

唐词『眼重眉褪不胜春』，李后主词『多少泪，断脸复横颐』，元乐府『眼余眉剩』，皆祖唐词之语。

——（明）杨慎《词品》

昔人谓后主亡国后之词，乃以血写

成者，言其语语真切，出自肺腑之言也。

——刘永济《唐五代两宋词简析》

『断肠』一句，承上说明心中悲哀，更见人间欢乐，于己无分，而苟延残喘，亦无多日，真伤心垂绝之音也。

——唐圭璋《唐宋词简释》

词人逸事

根据宋代王铚的《默记》记载，李煜亡国入宋后，曾经给留在金陵皇宫里的一个宫人写过信，叙说了自己的囚居生活：『此中日夕，只以眼泪洗面。』他极度伤心却无处排遣，唯有日日以泪洗面。

这首词《望江南》（多少泪）正是李煜入宋后『此中日夕，只以眼泪洗面』的真实写照。其实难怪李煜会每天以泪洗面，他投降的第二年，赵匡胤便去世了，他的弟弟赵光义登上了帝位，就是宋太宗。赵光义对李煜看管非常严，而且常常找碴刺痛李煜的心。

有一次，赵光义领着李煜到崇文馆看书，赵光义假装关心地说：『听说你在江南时很爱读书，这里有很多书便是你原来的宝贝呀！你来这里后还读书吗？』寥寥几句话，却已深深刺痛了李煜亡国的痛苦，但他还得忍受住心里的伤痛，笑着答谢太宗的关心。

相见欢

林花①谢了春红②，太匆匆，无奈朝来寒雨晚来风③。

胭脂泪，留人醉④，几时重⑤。自是⑥人生长恨水长东。

①林花：林中美丽的繁花。②春红：春天明艳的红色，也代指春天里的花朵。③无奈朝来寒雨晚来风：哪能受得了从早到晚风吹雨打，无休无止。『无奈』，另本作『常恨』。

④留人醉：又作『相留醉』。留人，把人留住。⑤几时重：何时才能重逢。重，重逢，再回来。⑥自是：自然是。

词解

此词是李煜降宋后所作。词人通过描写春残花谢的凄凉景象，抒发了人生失意的无限惆怅。

上阕主要写风雨催花花凋零之景，寄寓着词人的无奈和感伤情怀。起句『林花谢了春红』，美丽的春花好惹人喜爱啊，可是偏偏『谢了』，叫人怎能不惋惜伤怀？下句『太匆匆』三字，使本来就非常强烈的惋惜情绪更加强烈了。一个『太』字，无限依恋，无限惋惜。真是一声浩叹，一笔千钧。春花到底为什么会这么快凋谢呢？原因是『无奈朝来寒雨晚来风』。娇媚的春花如何能受得了朝朝暮暮的风吹雨打，那朝之寒雨、晚之急风便是使百花过早凋零的摧残者。句中的『朝』和『晚』是复指，即朝朝晚晚之意，表明寒风急雨次数之多，对『林花』摧残之久和打击之重。『林花』无力抗拒春天匆匆离去，它只能『无奈』地忍受着这风吹雨打，『无奈』地凋残零落，这其中也蕴涵了词人对自己身世的哀叹。那被风雨摧残的『林花』不就是词人自己吗？他原本过着富贵的帝王生活，在『朝来寒雨晚来风』的袭击下——宋兵的刀枪威逼下，过早地『谢

『人生长恨水长东』，人生不如意的事情十之八九，如同滔滔江水无所穷尽。

了』，情景交融得天衣无缝。

下阕抒写好景不再的哀愁和人生苦短的怨恨。起句『胭脂泪』是拟人的手法。胭脂原是女子搽脸的红粉，此则指代凋谢的『林花』。『胭脂』和『泪』，是说那飘落满地的春花，被寒雨打湿，好似美人伤心至极而和着胭脂滴下的泪。『留人醉，几时重』，有叙有问，叙的是相惜相别的痛楚，问的是何时花还能再开，失去的帝王生活何时能重来。词人无奈之下，发出了一声悲叹：『自是人生长恨水长东。』其中『人生长恨』是指他从一国之君变成了阶下囚而产生的悔恨之情。他的『人生长恨』犹如『水长东』一样地无穷无尽、无休无止。此句将词人愁思如潮、抑郁满怀的心情表现得淋漓尽致。

词评

后主为樊若水所卖，举国与人。词借伤春为喻，恨风雨之摧花，犹逆臣之误国，迨魁柄一失，如水之东流，安能挽沧海尾闾，复鼓回澜之力耶！

——俞陛云《唐五代两宋词选释》

此首伤别，从惜花写起。『太匆匆』三字，极传惊叹之神，『无奈』句，又转怨恨之情，说出林花所以速谢之故，朝是雨打，晚是风吹，花何以堪，人何以堪。说花即以说人，语固双关也。『无奈』二字，且见无力护花，无计回天之意。一片珍惜怜爱之情，跃然纸上。下阕，明点人事，以花落之易，触及人别离之易。花不得重上故枝，人亦不易重逢也。『几时重』三字轻顿；『自是』句重落。以水之必然长东，喻人之必然长恨，语最深刻。『自是』二字，尤能揭出人生苦闷之意蕴，与『此外不堪行』，『肠断更无疑』诸语，皆重笔收来，沉哀入骨。

——唐圭璋《唐宋词简释》

以水必然长东，以喻人之必然长恨，沉痛已极。

——唐圭璋《屈原与李后主》

词人逸事

公元976年，后主李煜被押到北宋汴京，他在此过着囚徒一般的生活。虽然他每天都郁郁寡欢的，但他宁愿选择这样活着，也不愿自杀死去。

相传，李煜出城投降之后，宋军的将领曹彬叫他到船上去喝茶。在河岸和船之间有一块独木板作为通道，曹彬先过去了，李煜却怕掉河里，犹豫半天也没敢过。后来曹彬派手下从两边搀着他，才登上了船。饮茶完毕后，曹彬叫李煜回宫准备行装，第二天再来船上。曹彬手下将领担心李煜回宫后会自杀，曹彬笑着说：『他连独木板都不敢上，非常怕死，如今我们已经允许他活着到中原去了，他怎么会自杀呢！』从这个故事也可以看出，李煜是个没有主见、没有勇气的人，性格懦弱，所以在投降之后，任凭万般愁苦折磨着自己，也没有勇气选择自杀来了结这种生不如死的生活。

相见欢

无言独上西楼，月如钩①。寂寞梧桐②深院锁清秋③。

①钩：弯钩，此处指弯月。②梧桐：秋天时，梧桐落叶最早，固有『梧桐一叶落，天下尽知秋』（《广群芳谱》）一说。梧桐叶落即表示秋天已来临，后常用以比喻事物衰败的征兆。③锁清秋：指锁闭清冷的秋色，即深院被清冷的秋色所笼罩。锁，锁闭。

剪不断，理④还乱，是离愁。别是一番滋味在心头。

④理：整理。

词解

这首词是李煜后期降宋的作品，抒发了其亡国之痛、故国之思。

开篇『无言独上西楼』，道出了词人的孤苦无依，心中的愁和苦无人能懂，他无法向他人倾诉，只能默默无言，孤孤单单，独自一人登上凄冷的西楼。『月如钩。寂寞梧桐深院锁清秋』，是词人登上西楼所见的景物。仰望天空，只有一弯如钩的寒月相伴；低头望去，梧桐叶已被无情的秋风吹落，幽深的庭院被清冷的秋色所笼罩着。词人不禁『寂寞』情生，然而，『寂寞』的不仅是梧桐，即使是凄惨秋色，也要被『锁』在这高墙深院之中，这也象征着无情的囚笼『锁』住了多情的皇帝。『锁』字用得妙，将词人抑郁满怀、失去自由、生不如死的心情表现得淋漓尽致。上阕表面写景，暗里写人，借凄凉的秋景喻愁苦心情，情随景生，情景交融得天衣无缝。

下阕词人用『离愁』指代其亡国之痛和故国之思，如何诉说这难以名状的凄苦心情呢？词人用『丝』来比喻『离愁』，新颖而别致。然而丝长可以剪断，丝乱了可以整理，可是那让人心乱如麻的『离愁』

词人的心境被孤苦寂寞所笼罩，就算瞧见仕女弹琴也认为琴声有些凄凉悲苦。

却是『剪不断，理还乱』，表明词人的愁绪难以排解。此句比喻精妙，堪称绝笔。『别是一番滋味在心头』是结语，用笔绝妙。既然离愁无法剪断，无法理顺，就不再去『剪』，也不再去『理』了，那悠悠愁思缠绕在心头，却又是一种无法名状的滋味。

全词以凄婉的笔调抒写了作者无以复加的愁苦之情，语言极明白易晓，无一丝雕饰，无半点虚情。直露心意，感人至深，堪称千古绝唱。

词评

此词最凄婉，所谓『亡国之音哀以思』。

——（宋）黄昇《唐宋诸贤绝妙词选》

七情所至，浅尝者说破，深尝者说不破，破之浅，不破之深。『别是』句妙。

——（明）沈际飞《草堂诗馀续集》

凄凉况味，欲言难言，滴滴是泪。

——（清）陈廷焯《云韶集》

这篇《花庵词选》有『凄婉哀思』的评语。虽上阕写景，下阕抒情，凄凉的气象，却融会全篇，如起笔『无言独上西楼』一句，已摄尽凄婉的神情，『别是一番滋味』，也是离愁。剪不断，理还乱，还可形状，这却说不出，是更深一层的写法。

——俞平伯《唐宋词选释》

此首写别愁，凄婉已极。『无言独上西楼』一句，叙事直起，画出后主愁容。其下两句，画出后主所处之愁境。举头见新月如钩，低头见桐阴深锁，俯仰之间，万感萦怀矣，此片写景亦妙。惟其桐阴深黑，新月乃愈显明媚也。下阕，因景抒情。换头三句，深刻无匹，使有千丝万缕之离愁，亦未必不可剪，不可理。此言『剪不断，理还乱』，则离愁之纷繁可知，所谓『别是一番滋味』，是无人尝过之滋味，惟有自家领略也。后主以南朝天子，而为北地幽囚，其所受之痛苦，所尝之滋味，自与常人不同。心头所交集者，不知是悔是恨，欲说则无从说起，且亦无人可说。故但云『别是一番滋味』，究竟滋味若何，后主且不自知，何况他人？此种无言之哀，更胜于痛哭流涕之哀。

——唐圭璋《唐宋词简释》

词人逸事

李后主归宋之后，被封为违命侯，拜左千牛卫将军。

史书记载小周后由于颜色绝美，被宋太宗赵光义看中，规定她定期进宫，并多次将她强留宫中。每次小周后回去，都哭骂李煜，李煜尴尬异常，他本身就思念故国，又加上这等难堪之事，心底的苦楚无处述说，只好诉诸笔端，写出了那一首首饱含思国念远情愫的诗词。

李煜死后没多久，小周后也追随他而去，年仅二十八岁。

『长记溪亭日暮，沉醉不知归路』是李清照追忆自己一次泛舟流连忘返，酒醉后几乎迷路的趣事。

子夜歌①

人生愁恨何能免，销魂②独我情何限。故国梦重归，觉来③双泪垂。

高楼谁与上④，长记⑤秋晴望。往事已成空，还如⑥一梦中。

①子夜歌即《菩萨蛮》。另本本词只作《子夜》，无『歌』。②销魂：魂魄已经离开了身体。此为夸张手法，形容极度的伤心。南朝梁江淹有《别赋》：『黯然销魂者，惟别而已矣。』③觉来：醒来。

④谁与上：同谁上。⑤长记：老是记得，牢牢地记得。宋李清照有《如梦令》词：『长记溪亭日暮，沉醉不知归路。』⑥还如：仍然好像。还，仍然。

词解

这首词是李煜入宋，从一国之君变成赵宋王朝的阶下囚后，抒发怀念往事之情、感叹眼下生活绝望之念的名篇。

词人开门见山，第一句便问一个恐怕无人能答的问题：人生的仇恨如何才能免除？紧接着，作者进一步抒发感情：我的黯然销魂却独一无二，我的愁思无情无尽。一个『独』字，凸显出作者对眼前的囚犯生活绝望之极，悲哀之极。接下来，词人开始切入正题，点出究竟是何事让他如此『愁恨』：『故国梦重归』，原来是怀念故国了。昔日的李煜是一国之君，现在的李煜是阶下之囚，他难免会对往日的潇洒生活时时怀念。梦中重现也是一种形式，并且是唯一的形式，而且这种怀念只会让悲愁无限。所以，一场『故国梦』回来，词人不禁暗自垂泪，再看看眼前的绝望现实，今昔的强烈对比只会让他的『愁恨』的感情更加强烈。

下阕，词人还在追忆往事，述说人生如梦的苦恼。谁与我一起登高楼远望？眼下怕是没人。登高楼要做什么呢？无非是遥望故国而已，而故国已经不是当初的那幅景象，现在即便登楼远望，恐怕只会落得个黯然神伤，眼前的现实又令人绝望。所以，在词人心中『长记』的是当初的『秋晴望』，词人还在回味当年聊以自慰。最后，词人的愁恨心理又重新回到了对人生的感悟之上：往事已经成空了，还好像在梦中呢！此处有一个梦字，和上阕的梦字遥相呼应，上一梦字说的是希

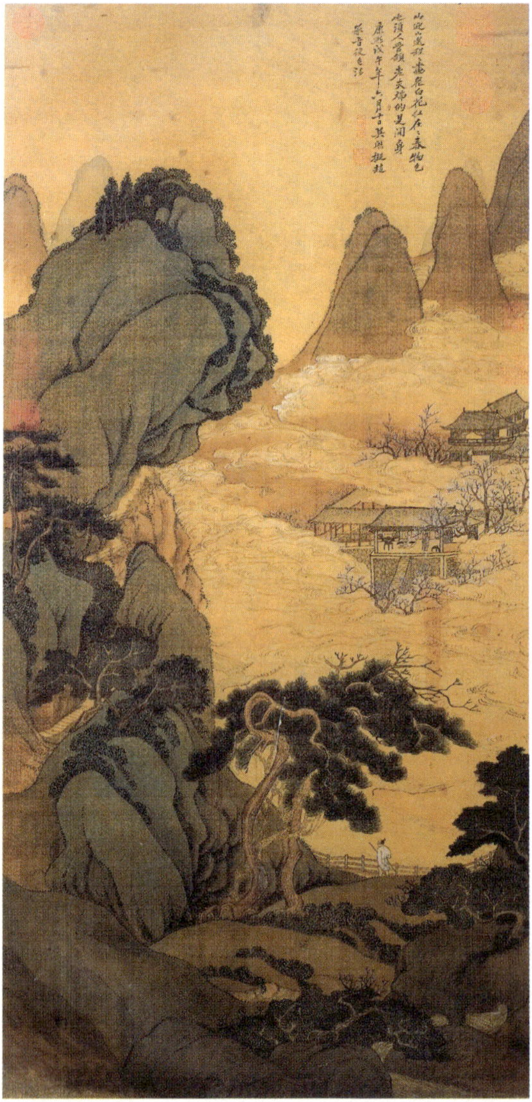

望故国梦成真，下一梦字则说往事真像梦，此时的李煜恐怕也希望眼前的这囚徒生活不过是一场梦吧！

此词没有华丽的辞藻，没有精心的雕饰，有的只是一位囚徒的心灵诉说，感情真挚，哀婉动人，堪称词中佳作。

词评

后主乐府词云：『故国梦重归，觉来双泪垂。』又云：『小楼昨夜又东风，故国不堪回首月明中。』皆思故国者也。

——（宋）马令《南唐书》

回首可怜歌舞地。又云：悠悠苍天，此何人哉！

——（清）陈廷焯《云韶集》

起句用翻笔，明知难免，而自我销魂，愈觉埋愁之无地。马令《南唐书》本注谓『故国』二句与《虞美人》词『小楼昨夜』二句皆思故国者也。

——俞陛云《唐五代两宋词选释》

此首思故国，不假采饰，纯用白描。但句句重大，一往情深。起句两问，已将古往今来之人生及己之一生说明：『故国』句开，『觉来』句合，言梦归故国。及醒来之悲伤。换头，言近况之孤苦，高楼独上，秋晴空望，故国杳杳，销魂何限！『往事』句开，『还如』句合，上下两『梦』字亦幻，上言梦似真，下言真似梦也。

——唐圭璋《唐宋词简释》

词人逸事

《子夜歌》和《菩萨蛮》是同一个词牌，只是名字不同。李煜现存词作中有五首是这个词牌，其中两首题为《菩萨蛮》，两首题为《子夜歌》。巧的是，后两者的前两句均是开头两句便直抒胸臆，且语句率真、平淡通俗，浑似脱口而出，有可能是李煜有意在模仿民间曲子的风格和腔调。清人周济所著的《介存斋论词杂著》说：『王嫱、西施，天下美妇人也。严妆佳，淡妆佳，乱头粗服，不掩国色。飞卿，严妆也；端已，淡妆也。后主则乱头粗服矣。』『乱头粗服，不掩国色』就是对李煜的词的最好评价，平常的字词，平凡的句式，最后却是一首精妙的词，这就是李煜。

浪淘沙①

往事只堪哀②，对景难排③。秋风庭院藓侵阶④。一桁⑤珠帘闲不卷，终日⑥谁来。

『苔痕上阶绿』说明来拜访陋室的人少。『草色入帘青』庭草不除，反映了室主人淡泊名利的心态，渲染了恬静的气氛。

①浪淘沙（往事只堪哀）：此词录自池州夏氏家藏，在《续选草堂诗馀》中有题作《感念》。②堪哀：只能让人悲哀。堪，能够，可以。③排：排遣。④藓侵阶：台阶上都长满了苔藓。藓，苔藓。侵，侵蚀、蔓延。唐刘禹锡《陋室铭》中有句『苔痕上阶绿』，和此句意境相似。⑤一桁：即一列、一挂（珠帘），唐杜牧有《十九兄郡楼有宴病不赴》诗：『空堂病怯阶前月，燕子嗔垂一桁帘。』桁，另本作『任』。⑥终日：整日，每天。

秦淮河两岸遍布着诸多的歌舞楼台，河上游荡着游船画舫，繁华热闹异常。

金锁已沉埋⑦，壮气⑧蒿莱⑨。晚凉天净⑩月华开⑪。想得⑫玉楼瑶殿⑬影，空照秦淮⑭。

⑦金锁已沉埋：唐刘禹锡有《西塞山怀古》诗：『千寻铁索沉江底，一片降幡出石头。』此句从此化用而出。⑧壮气：即王气，帝王之气，古人有一种迷信的说法，认为在天上有一种神奇的云气，这是帝王兴亡盛衰的征兆。据说金陵就有帝王之气，据《太平御览》卷一七〇引《金陵图》记载：『昔楚威王见此有王气，因埋金以镇之，故曰金陵。』⑨蒿莱：野草、蓬蒿，这里作为动词，意思是沦落、淹没在野草当中，象征衰落、消亡。宋梅尧臣有《西洛牡丹》诗：『萌芽始见长蒿莱，气酵旋看压桃李。』⑩天净：天空无云、夜空如洗。另本作『天静』。⑪月华开：月光皎洁、明亮。月华，即月色、月光。唐张若虚有《春江花月夜》诗：『此时相望不相闻，愿逐月华流照君。』⑫想得：想起，想到。⑬玉楼瑶殿：这里指原南唐的宫殿，玉和瑶都是美石，玉楼瑶殿就是装饰华丽的宫殿。⑭秦淮河：秦淮河沿岸遍布歌舞楼台，河上游荡着游船画舫，一直是南京的繁华地带，有『十里秦淮』之称。

词解

这首词是李煜在东京汴梁被囚禁之时所写，抒发了一个亡国之君的悲痛情感。

上阕写词人想象故国旧所今日景象，开篇先抒怀：怀念往事，只能让我感到悲哀，难以排遣！『只』字加重了这种情绪的程度，表明他现在已经绝望，『哀莫大于心死』。接下来是眼前的场景描写，先是室外：萧瑟的秋风在庭院里盘旋，台阶上布满了青苔，满目凄凉景！随后目光顺着台阶到了门口，转向室内：门上挂着一挂珠帘，整天都一直挂着，也不卷起来，为什么不卷起来呢？词人给出了答案：谁来！前面的『薜侵阶』其实也可以推测出来，台阶上全是青苔，自然是少有人来，但是那还算是暗笔，这里则是明明白白的诉说，词人凄惨而又绝望的神态表露无遗，令人不禁对其起怜悯之心。

上阕是白昼的场景，下阕时空转换，到了黑夜。辗转难眠的词人又怀念起金陵来，同为定都金陵，同为北国所灭，他不仅想起了三国末年的吴国。当时，北方的晋国日益强大，为了抵抗晋军越江南侵，

东吴末帝孙皓命人在江中钉下铁锥，又在上边装上铁索横于江面，想阻拦晋军的战船。不过最终还是失败，吴国灭亡，孙皓被俘，当了亡国之君。唐刘禹锡的《西塞山怀古》诗，说的就是这一故事，其中有句为：『王濬楼船下益州，金陵王气黯然收。千寻铁索沉江底，一片降幡出石头。』在某种程度上说，李煜重走了孙皓的老路，所以，他才会有这样的感情爆发：『金锁已经沉到了江底，金陵的「王气」都埋没到野草堆里去了！』

词人的思绪又回到了眼前的现实。秋夜，云彩不知道被秋风带到哪里了，朗朗夜空好像洗过一般，一轮明月照着大地，万物都披上了银色的光辉。词人的心绪此时又飞到了金陵去：哎，想我以前的那些壮美、华丽宫殿的月影，都孤零零地投在秦淮河上呢吧！

全词有实写，有虚写，虚实相结合，而以虚写居多，词人惆怅、绝望的心理表现得淋漓尽致，堪称李煜后期词作的佳品。

词评

此在汴京念秣陵事作，读不忍竟。又云：『终日谁来』四字惨。

——（明）沈际飞《草堂诗馀续集》

起五字极凄婉，而来势妙，极突兀。

——（清）陈廷焯《大雅集》

起五字凄婉，却来得突兀，故妙，凄恻之词而笔力精健，古今词人谁不低。

——（清）陈廷焯《云韶集》

薛阶帘静，凄寂等于长门。『金锁』二句有铁锁沉江、王气黯然之慨。回首秦淮，宜其凄咽。

——俞陛云《唐五代两宋词选释》

他自归宋后，自然是事事不得自由。他看不见江南的人物风景，他也挽不回过去的青春，仅仅有自由的梦魂，时时去萦绕他的故国。他的词说：『往事只堪哀』、『无言独上西楼』，可想见他孤独的悲哀。李易安所谓『寻寻觅觅冷冷清清凄凄惨惨戚戚』的生活，也正是他的写照。

——唐圭璋《李后主评传》

此首念秣陵。上阕，白昼凄清状况，哀思弥切。起两句，总括全篇。『秋风』一句，补实上句难排之景。秋风袅袅，苔藓满阶，想见荒凉无人之情。与当年『春殿嫔娥鱼贯列』之盛较之，真有天渊之别。『一桁』两句，极致孤独之哀。后主入汴以后之生活，于此可见。换头，自叹当年之意气，都已销尽。『晚凉』一句，点月出，『想得』两句，因月生感，怅望无极。月影空照秦淮，画出失国后的惨淡景象。

——唐圭璋《唐宋词简释》

词人逸事

这首词里，李煜回忆了当年被宋灭国的情景，词句感情充沛，显示他文采极为出众。但是，要说他治国安邦的手段，那就是『不入流』的水平。开宝四年（公元974年），宋军攻占了军事要地采石矶，准备渡江南下，当时宋军为一位名叫樊若水的小人物的指点，决定在这里的江面搭建浮桥渡江，就是在江面上集结几百艘战舰，首尾相连，用铁索和绳子将它们连在一起，再在船上铺上厚实的木板，一座浮桥就建好了，军队渡江便如履平地。此时的李煜在做什么？他听说了这个消息，就和手下宠信的大臣张洎说起这件事，张洎拍着胸脯打包票说：『臣我读了这么多书，就没听说过在长江上架浮桥的事！』李煜一听，心里顿时一块石头落了地：『我就说嘛，这事不能当真！』结果，宋军的大部队，还有大批粮草给养就是通过这个浮桥源源不断地运过了江，李煜这时候大惊失色，才想起来派军队去进攻采石矶的宋军，结果被已经站稳脚跟的宋军打得一败涂地。再说那个书呆子张洎，倒是挺有骨气，金陵城被围时，他曾劝李煜拒降，又起草蜡书送到城外调遣援兵。后来被宋军抓住，赵匡胤责问他，他毫无惧色，从容回答：『各为其主，今能一死，尽为臣之份。』因此，张洎受到了赵匡胤的器重。

虞美人

春花秋月何时了①，往事②知多少？小楼昨夜又东风③，故国不堪回首④月明中。

『雕栏玉砌』仍旧，『朱颜』却已不在了，女子的芳华已经逝去，真是物是人非啊！

①春花秋月何时了：春花秋月，指代一年或者一年中美好的光景。了，了结、结束。②往事：过去的事，过去那些『春花秋月』之时的快乐的事，这里泛指词人亡国之前的那些享乐之事。③小楼昨夜又东风：小楼，指李煜在东京当俘虏时，被囚禁的住所。东风，春风，又东风即

又一年的春天来了。④故国不堪回首：故国，指南唐。回首，回忆、追忆。唐杜甫有《将赴荆南寄别李剑州》诗：『戎马相逢更何日，春风回首仲宣楼。』

雕阑玉砌⑤应犹在，只是朱颜改⑥。问君⑦能有几多⑧愁，恰似一江春水向东流。

⑤雕阑玉砌：这里指代南唐的华美、壮丽的宫殿。雕阑，雕花的栏杆；玉砌，玉石铺成的台阶。⑥朱颜改：当年的盛况已不再，物是人非。朱颜即红颜，指正在盛年之时的容貌。『朱颜改』，暗指南唐失国。⑦问君：设问语气，其实是词人自己问自己。⑧几多：多少。

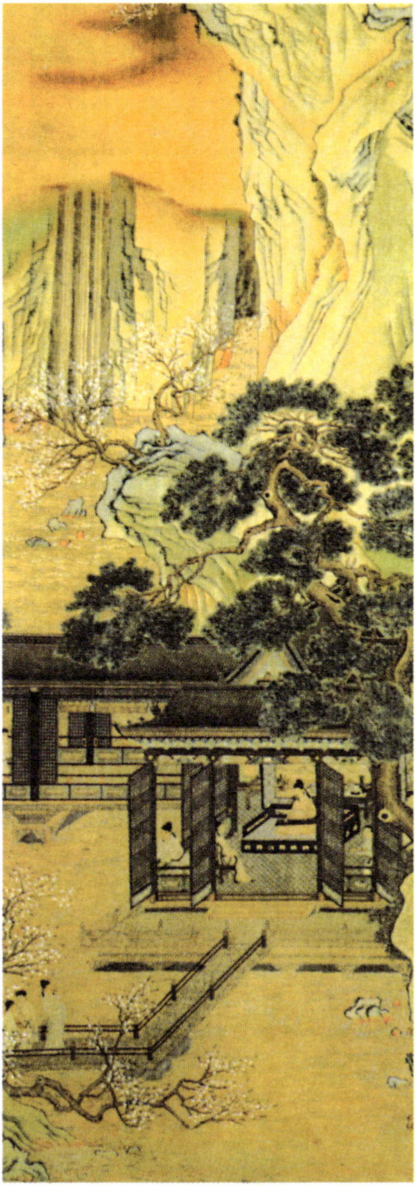

昨天夜里词人住在小楼里，听到窗外又刮起了东风，知道又一年的春天到来了。

词解

这首词是李煜最著名、流传最广的一首词，也是他的绝命词。据说他作这首词的那一天，就是他四十二岁的生日。很快，宋太宗赵光义也读到了这首词，大发雷霆，认定他还不死心，还怀着复辟的念头，于是就派人给他送了一杯毒酒，把他毒死了。

来看这首绝命词，开篇词人便连出两个惊心动魄的诘问：这无比漫长的白天、黑夜，这可厌的春花秋月，究竟什么时候是个尽头啊？为什么还有那么多让我忍不住回忆、又在折磨我的往事啊？读来可见，当时悲愤至极的李煜搔首呼天，场面令人动容，不忍卒读。接下来，词人的语调稍稍平缓，向读者诉说着他的情感：昨夜，我住在小楼里，听到窗外又刮起了东风，知道又一年的春天到了。在明亮、皎洁的月光下，我不禁又回忆故国的山山水水，回忆起往昔的欢乐，这真是一种痛苦，痛苦得让我无法忍受。

下阕，作者又想到了自己昔日纵情游乐的地方：『雕栏玉砌』，这些地方应当还在吧，只是当年的那些『红颜』们，现在已经芳华不在了吧，真是物是人非啊！『只是』一词，词人无限遗憾、愁恨充分体现。『改』字，则是词人那无限遗憾、愁恨的根源所在，这里『朱颜改』是曲笔，作者实际上用的是一种比较隐晦的方式来叙说南唐国破的事情，如果南唐不灭，自己就还是那个高高在上的君主，每天还会过着锦衣玉食、歌舞升平的日子，哪里会有这么多的忧愁啊！想到这里，词人内心积蓄已久的悲苦心情终于像开了闸的洪水一般汹涌而出：问君能有几多愁，恰似一江春水向东流！语言浅显直白，但是情真意切，词人的一腔愁怨，就和那滚滚东去的江水一样，绵绵不尽，永无绝期！以水喻愁，李煜不是首创，但是他这句无论从气势、从格调还是从感情上，都是空前绝后的，可以称得上是千古绝唱！

词评

《后山诗话》载王平甫子斿谓秦少游『愁如海』之句，出于江南李后主之意；又有所自。乐天诗曰：『欲识愁多少，高于滟滪堆。』刘禹锡诗曰：『蜀江春水拍山流，水流无限似侬愁』。得非祖此乎？则知好

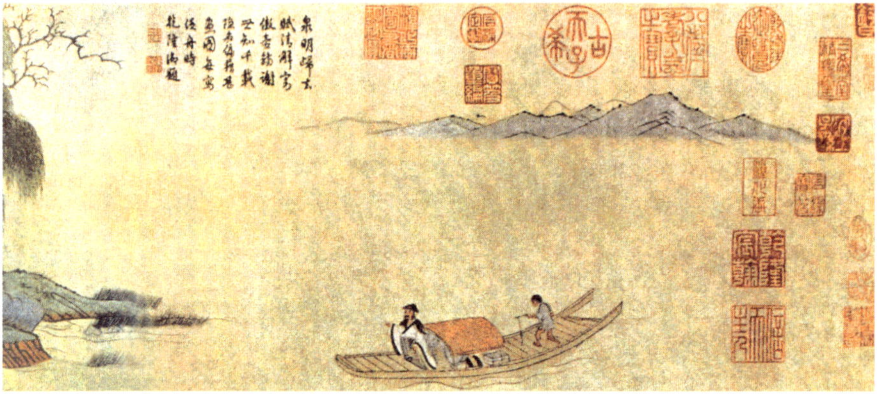

处前人皆已道过，后人但翻而用之耳。

——（宋）王楙《野客丛书》

太白云：『请君试问东流水，别意与之谁短长。』江南后主曰：『问君能有几多愁，恰似一江春水向东流。』略加融点，已觉精彩。至寇莱公则谓：『愁情不断如春水』，少游云：『落红万点愁如海』，青出于蓝而胜于蓝矣。

——（宋）陈郁《藏一话腴》

徐士俊云：只一『又』字，宋元以来抄者无数，终不厌烦。

——（明）卓人月《古今词统》

一声恸歌，如闻哀猿，呜咽缠绵，满纸血泪。

——（清）陈廷焯《云韶集》

常语耳，以初见故佳，再学便滥矣。朱颜本是山河，因归宋不敢言耳。若直说山河改，反又浅也。结亦恰到好处。

——（清）王闿运《湘绮楼词选》

亡国之音，何哀思之深耶。传诵禁廷，不加悯而被祸，失国者不殉宗社，而任人宰割，良足伤矣。《后山诗话》谓秦少游词『落红万点愁如海』出于后主『一江春水』句，《野客丛书》又谓白乐天『欲识愁多少，高于滟滪堆』、刘禹锡『水流无限似侬愁』，为后主词所祖。但以水喻愁，词家所易到，屡见载籍，未必互相沿用。就词而论，李、刘、秦诸家之以水喻愁，不若后主之『春江』九字，真伤心人语也。

——俞陛云《唐五代两宋词选释》

此首感怀故国，悲愤已极，起句，追维往事，痛不欲生。满腔恨血，喷薄而出，诚《天问》之遗也。『小楼』句承起句，缩笔吞咽；『故国』句承起句，放笔呼号。一『又』字惨甚。东风又入，可见春花秋月，一时尚不得遽了，罪孽未满，苦痛未尽，仍须偷息人间，历尽磨折。下阕承上，从故国月明想入，揭出物是人非之意。末以问答语，吐露心中万斛愁恨，令人不堪卒读。通首一气盘旋，曲折动荡，如怨如慕，如泣如诉。

——唐圭璋《唐宋词简释》

词人逸事

据说，赵光义害死李煜，不光是因为他的这首《虞美人》词，之前发生的一件事，已经让他动了杀机。有一天，赵光义见到原来是南唐臣子的徐铉，问他最近有没有见过故主李煜。徐铉说不敢私自去见，赵光义说：『你去看看他吧，就说我让你去的。』徐铉遵命，到了李煜被囚禁的地方，昔日君臣相见，自然是一番动人场面，李煜就说了一句『悔不该当初杀了潘佑、李平啊！』这两人都是当年南唐忠臣，却被李煜下了狱，最终自尽。事后，赵光义又问徐铉他见李煜的情形，徐铉不敢隐瞒，如实回答。赵光义一听这句话，心里已经暗下决心，要除掉这个还不『老实』的亡国之君。其实，李煜是一个非常坦诚的人，这一点从他的词中也可以看出来，他有什么感情都不藏着掖着，都很直白地表露出来，和徐铉说的那句话也是如此，不过是有口无心罢了。

春将去，伤感之情顿生，遥想昔日的大好河山，词人不禁黯然神伤。

浪淘沙

帘外雨潺潺①，春意阑珊。罗衾不耐②五更寒③。梦里不知身是客④，一晌贪欢⑤。

①潺潺：形容水缓缓流动的声音。唐柳宗元有《雨中赠仙人山贾山人》诗：『寒江夜雨声潺潺，晓云遮尽仙人山。』这里形容小雨滴水声。②罗衾不耐：薄薄的绸被抵挡不住（五更时的寒冷）。罗衾，绸被子。耐，经得起、抵挡。③五更寒：五更时的寒意。古人将一夜分成五段，从戌时（21时）起，到寅时（5时）终，每个时辰（两小时）为一更。五更即凌晨3时到5时，这时最为寒冷。④身是客：这里指李煜国破家亡，在汴京当阶下囚的境遇。⑤一晌贪欢：贪恋一时的欢乐。一晌，即一会。贪欢，贪恋欢乐。

独自莫凭阑，无限

江山⑥。别时容易见时难⑦。流水落花春去也⑧，天上人间⑨。

⑥江山：指故国南唐的广大江土。另本作『关山』，不妥。⑦别时容易见时难：离别故国之后，想再见就难了。《颜氏家训·风操》中有句：『别易会难，古今所重。』三国曹丕有《短歌行》诗：『别日何易会日难。』这里，别时指李煜投降宋朝，离开金陵前往汴京当俘虏之时。⑧春去也：另本作『归去也』。⑨天上人间：此句意指昔日帝王生活和现在的囚徒生活有着天壤之别。

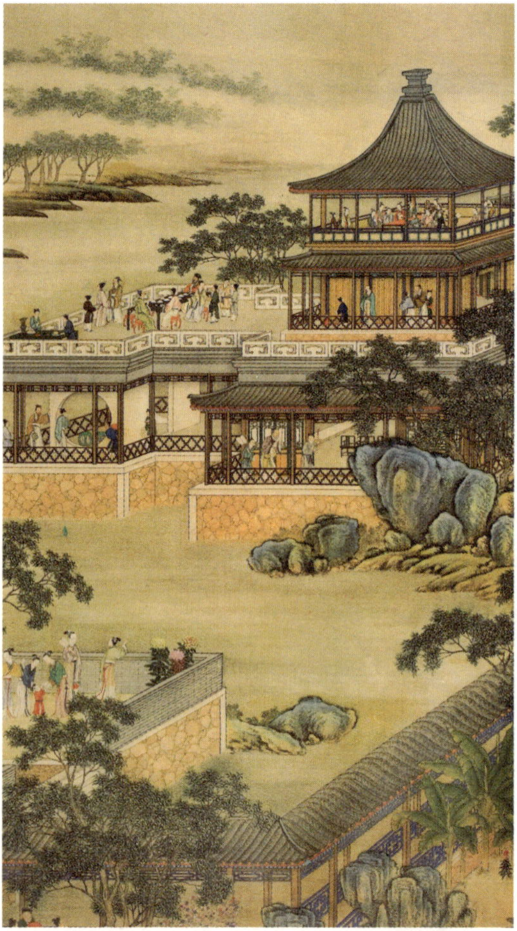

昔日的故国，那是怎样的大好河山一片。水榭楼台，人群熙攘，热闹非凡。

词解

这首词是李煜的后期作品，相传作于他人生的最后岁月。

这首词作于词人夜半梦醒时分，先从窗外的潺潺雨声着笔。梦醒后听窗外雨声，平添一丝凄切感，下句更明显：春将去，伤春情感顿生。春夜还有几分寒意，又下着雨，薄薄的绸被根本抵挡不住。这是词人从梦中醒来的原因吗？恐怕词人从梦中归来，架不住现实的凄凉吧！一个『寒』字，表面上是写天气，其实也是词人心理的真实写照。接下来要描绘梦中情景了吗？词人没有明写到底梦到了什么，只是说『一饷贪欢』，可见，他做了一个欢乐的梦。可惜啊，很短暂，只有『一饷』，况且『梦里不知身是客』。词人似乎在自嘲，面对眼前如此残酷的现实，他也只能到梦里去一时『贪欢』了！此句悲凉至极，令人不忍卒读。

下阕跳开春夜梦醒的黯然神伤，抒发白天的寂寞心境。『独自莫凭阑，无限江山。别时容易见时难。』这三句是全词的中心。为何『独自莫凭阑』？李煜的囚徒生活十分孤独，往日的大臣、嫔妃都见不到，可以说是与世隔绝。一『凭阑』，就会看见『无限江山』，当年是『四十年来家国，三千里地江山』，现在呢？一个牢笼似的小院，就是他的所有空间。

所以，词人才会发出这样的感叹：故国的江山，『别时容易见时难！』『流水』句又照应本词开头的『春意阑珊』，『流水』、『落花』、『春去也』，这些都是一去不复返，这不正和词人的故国一样吗？词人眼前的残酷现实和过去对比，皇帝变成了囚徒，这不正是天上和人间的区别吗！

词评

绵邈飘忽之音，最为感人深至。李后主之『梦里不知身是客，一晌贪欢』所以独绝也。

——（清）郭麐《灵芬馆词话》

《浪淘沙》全首语意惨然。

——（清）许昂霄《词综偶评》

此亦托为别情，实乃思念故国之词。『流水』句，以比『见时难』也，『流水』、『落花』、『春去』，三事皆难重返者。当未流、未落、未去之时，

比之以流、以落、以去之后，有如天上之比人间，以见重见别后之江山，其难易相差，亦如此也。

——刘永济《唐五代两宋词简析》

词人逸事

李煜的三年囚徒生活非常屈辱。曾经有这样一件事：有一次，赵匡胤举行宫廷聚会，李煜也去了。赵匡胤对李煜说：『我听说你在江南挺爱写诗的，现在念两句你最得意的，让我听听。』李煜想了一会儿，就念出了他的《咏扇》诗中的两句：『揖让月在手，动摇风满怀。』不得不说，两句诗对仗工整，而且很有情调，赵匡胤也『识货』，就夸奖李煜说：『好一个翰林学士！』在古代，翰林学士就是皇帝的『文字秘书』、『笔杆子』，文采必须好，所以说，这话如果拿去夸奖别人，别人会认定这是很高的评价，但是在李煜听来，这就有讽刺意味了，因为他原来可是皇帝啊！赵匡胤这不是讽刺他不够一个皇帝的资格吗？不过，李煜也只能暗自生气罢了，一腔愁恨也只能都倾诉在了他的词中了。

图书在版编目（CIP）数据

梧桐深院：南唐二主长短句／（南唐）李煜，（南唐）李璟著；傅融注释．—沈阳：万卷出版公司，2011.1（2011.3重印）
（残荷听雨）
ISBN 978-7-5470-1312-0

Ⅰ．①梧… Ⅱ．①李… ②李…③傅… Ⅲ．①词（文学）—文学欣赏—中国—南唐（937～975） Ⅳ．①I207.23

中国版本图书馆CIP数据核字（2010）第230846号

项目创意／设计制作／智品書業 ZHIPIN BOOKS

梧桐深院：南唐二主长短句

出版者／北方联合出版传媒（集团）股份有限公司
万卷出版公司
地址／沈阳市和平区十一纬路29号
邮编／110003
联系电话／024-23284090
电子信箱／vpc_tougao@163.com
印刷／北京海德印务有限公司
经销／各地新华书店发行
成品尺寸／一六〇毫米×二一〇毫米 十六开
印张／十三点七五
字数／一百四〇千字
版次／二〇一一年三月第一版第二次印刷
责任编辑／王光昱
书号／ISBN 978-7-5470-1312-0
定价／二十二元

更方便的购书方式：

方 法 一： 登录网站http：//www.zhipinbook.com联系我们；

方 法 二： 直接邮政汇款至：北京市西城区北三环中路甲六号出版创意大厦7层

收款人：吕先明　　　邮编：100120

方 法 三： 银行汇款：中国农业银行北京市朝阳路北支行

账号：622 848 0010 5184 15012

收款人：吕先明

注： 如果您采用邮购方式订购，请务必附上您的详细地址、邮编、电话、收货人姓名及所订书目等信息，款到发书。我们将在邮局以印刷品的方式发货，免邮费，如需挂号每单另付3元，发货7–15日可到。

咨询电话： 010–58572701 （9：00–17：30，周日休息）

网站链接： http：//www.zhipinbook.com